任性出版

愛情總是差一步

恋はいつも少し足りない 140字で切ない結末

140字就令你落淚。
讀了想戀愛、或想起那段戀愛。

140字極短篇小說作家
神田澪◎著
卓惠娟◎譯

目次

第二章 無法說再見

第三章

這是我最後一場戀愛 069

第四章

永遠不可能兩情相悅 093

第五章

離愛情總是差一步 123

第六章

請把我當成戀愛對象 147

第七章

再見了，世上最喜歡的人

好評推薦

一百四十字的心動，就像用空耳（按：以諧音聽寫異國歌曲的歌詞）聽隨機播放的日語歌曲。我抓到一些關鍵字，可能與故事不完全一致，但在能聽懂而打動我的少數單字之中，我感受到一瞬間彷彿能夠超越整個故事的情感。因為我看見的是我自己。

幾十次、幾百次的擦肩而過，還是想著要與他相遇的魔法，就像陷入日式浪漫的單曲循環。後來，我總想要再一次找出那首，我不記得歌名、也不記得旋律，只記得曾讓我心動過的歌曲。

——作家／張嘉真

情書，不一定是封很長的信，有時只是一段簡短卻真摯的對話，悄悄在記憶中留下深刻的吻痕。

那些隱約的傷心、沉默的真心，躲藏在字裡行間的，是希望能被察覺的心意——是一種靠近的訊號，是渴望，是難以抗拒的吸引力，是想與你一起。

這本書所伴隨的，不是浪漫的告白，而是在一次次靠近和錯過的交錯瞬間裡，找到愛情的心跳加速，和恍然大悟。

當我們終於能以更溫柔的眼光回望彼此，才明白這一步之差的距離，是我們始終都沒有勇氣，習慣了沒有愛也沒關係。所以，當我們站在這裡時，是無比的接近愛，也無比遙遠的距離。

本書是獻給每一位，只差一步，就能抵達愛情的你。

——作家／蘇乙笙

一直都覺得，有關於愛的故事，留有足夠的想像空間，是很加分的。

作者神田澪擅長以一百四十字創作小說，文字簡潔卻觸動人心，廣受讀者喜愛。在《離愛情總是差一步》中，作者透過不同性別、年齡與身分的視角，彷彿讓讀者偷看了一頁日記。有時讓人會心一笑，有時則勾起某段往日記憶。

「一頁一故事」的安排，除了讓我們自在利用碎片時間閱讀，同時也保留了足夠餘韻空間，想像那些未被寫下的情節。

——IG人氣書評家／詹奇奇

我相信，那些在愛裡迷路的人們，都能透過這一百五十九則極短篇故事，找到方向繼續向前邁進，不論最後等待你的結局是圓滿，或是遺憾，當你願意鼓起勇氣、邁向未知的那一刻，本身就是一股動人的力量。也請你記得，當你疲憊時，這本書始終會以溫柔相伴、不離不棄。

——IG愛書人／Yvonne's閱讀二三事

第一章

要是只當最好的朋友該有多好

01 兩人並排的足跡

「我決定要跟喜歡的人告白。」
放學回家途中，朋友對我說。

「是嗎？」終於要告白了啊，
我心裡一酸，胸口隱隱作痛。

我一直守護著他的單戀，
將自己對他的愛戀深藏在心中。
「什麼時候告白？」我問。
每往前走一步，
雪地上就多了一雙我們的足跡。

他深深吸了一口氣，指著前方說：
「過了前面那個轉角……。」

02 因為換了座位

換了座位後，我喜歡的那個女生，她的側臉變遠了。
今天早上她還坐在我隔壁。

她開朗健談，下課時間總會找我閒聊，讓我開心不已。
我不禁望向坐在窗邊的她，
她察覺到我的視線，微微揮了一下手。

平時總愛說說笑笑的她，這個無聲的舉動，使我制服下的心臟激烈躁動起來。

03 告白之後

告白之後，
兩個人變得無話可說。
「早安。」
「……早。」
早上在走廊遇見你時，
你立即別開視線離去。
從那一天開始，你刻意迴避我，徹徹底底的。

看著你遠去的背影，
我喉頭深處湧上一股苦澀，
喜歡以前和你閒聊的時光。
即使痛苦，但要是只當最好的朋友該有多好。

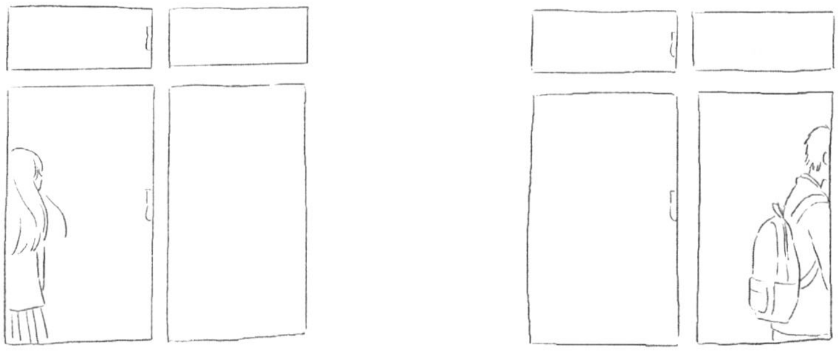

04 變了的是……

最近失去了心動的感覺。
男友回訊息的速度變慢了，也不再給我生日驚喜。
他變了。

我問正沉浸在幸福中的朋友：
「妳跟男友在一起這麼久，還有心動的感覺嗎？」
她回答：
「當然，每次週末約會時，都情不自禁的心跳加速。」

看到朋友的神情，我才恍然大悟：
原來，我也變了。

05 根本不需要準備

我決定在畢業典禮時告白，
為持續三年的單戀畫下句點。

沒想到，老師卻宣布：
「今年畢業典禮取消。」
我立刻意識到今天就是最後的機會了。
「等一下！」下課後，我聲音顫抖著，從背後叫住你。
我要向你告白，即使沒有自信、即使當不成朋友也沒關係。
根本不需要準備。
我不能讓這份戀情，就這樣無聲無息的消逝。

06 拍你喜歡的

他沒有拍照的習慣，
手機相簿裡只有幾張文件照片。
可是難得出來旅行，我慫恿他拍些照片。

「要拍什麼？」
他打開手機內建相機，一臉困惑。
「什麼都好啊。就拍你喜歡的。」
他點點頭表示懂了，接著把相機鏡頭對準我。
「看這邊，笑一個。」

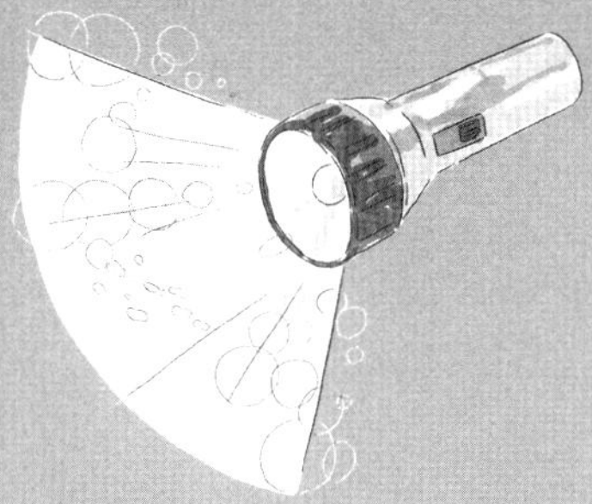

07 試膽大會

「可以牽你的手嗎？我好怕……。」
試膽大會和我分到同組的妳，滿臉不安的問我。

看到妳的樣子我有些驚訝。
「真意外，前陣子妳不是說最喜歡看恐怖片？」
妳溼潤的目光游移不定。
「是、是嗎？我這麼說過嗎？」

只有手電筒照亮的夜路格外寧靜。
我默默的握住妳的手。

08 半浪漫傾向

「你聽過半浪漫傾向嗎？」

我把手機遞給正埋首書堆的朋友看。

「據說是要建立出長久深厚的情感依賴，才會墜入愛河的類型喲！」

「是嗎？」他表示驚訝，接著抬起頭來看著我說：

「我也屬於這種類型。」

我的臉頰不禁燥熱起來。

和這捉摸不定的人維持長久友情的，只有我一個。

09 我想成為的……

現在才告白似乎太遲了，因為我們實在太過熟悉彼此。
春天真讓人心煩意亂。

回家的路上，我差點就要拉住你的衣袖，
卻慌忙縮回了手。
「對了，跟妳說件事。」你在剪票口前停下腳步。

「我交女朋友了。」

因為太膽怯，我竟然忘了，
我想成為的，從來不是你最好的紅粉知己，而是你的女友。

10 實用的東西

「咦？項鍊？」

打開他給我的盒子，我很驚訝。

五年的交情，我知道他向來討厭華而不實的奢侈品，

每年生日總是送我實用的禮物。

「我還以為今年也是實用的東西。」

「說不定戴了之後會有好運氣？」他說。

我內心吐嘈：怎麼可能？

直到有一天，我突然發現，

每當我戴上這條項鍊時，

他的心情看起來總是特別好。

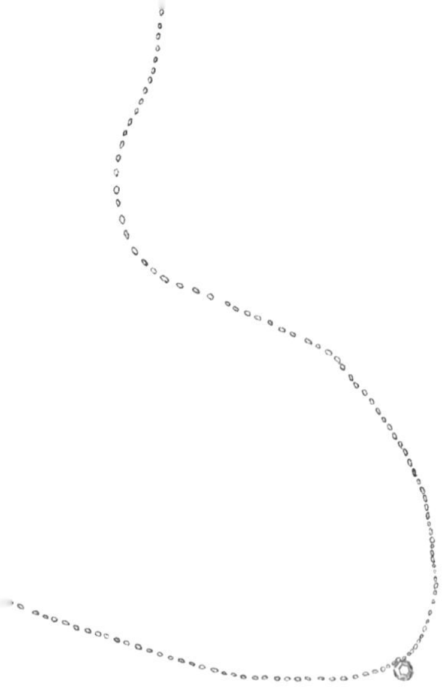

11 禮物

「你難道沒想過，其實我喜歡你？」

我正在做重訓時，她盯著我的臉這麼問。

「這……我沒辦法立刻回答妳耶。」

聽到我這麼回答，她假哭著說：「真過分！」

幾個月後，在挑選要送她的禮物時，問題的答案突然在腦中一閃。

看她戴著我送的禮物，我很喜歡。

12 煙火的聲音

說不出口。

「一起去看煙火吧！」明明練習了不知多少次，還是說不出口。

下課後，卻聽到其他女生在走廊上約你：

「週六的煙火大會，一起去好嗎？」

「好啊！」

「唉，不行啊，光是一心一意是不夠的……。」

週六的夜晚，我在房間一角抱著膝蓋，

在黑暗中戴著耳機、捂住耳朵。

最喜歡的煙火聲響，竟吵雜得讓我想哭。

13 直到現在，依然信守約定

「我會一輩子支持妳。」

去年離開人世的丈夫，他在求婚時這麼對我說。
今天是我獨自度過的結婚紀念日。
與神經質的我不同，丈夫是個不拘小節的人，
有爭執總是立刻道歉，所以我們不曾爭吵。
而且，他從未背棄任何一個承諾。

「妳是最特別的。」
丈夫曾對我說的這句話，現在依然支撐著愛哭的我。

14 代寫情書

我代寫了情書。

想寫信告白，卻對文筆缺乏自信的朋友，
我為他代寫了三頁的情書。
或許，我根本不應該替他寫什麼情書，
但他是如同家人般重要的朋友，所以我拒絕不了。
他的告白成功了。
對方告訴他：「我能感受到你的真心。」
那是當然，因為我喜歡的也是同一個人。

15 靈驗的咒語

「這個請學長吃！」

個性積極強勢的學妹，強迫我吃她親手做的餅乾。

看起來好像什麼沒問題。

「裡面沒加什麼奇怪的東西吧？」

「怎麼可能！我只有加了希望學長喜歡我的咒語。」

我已經拒絕她六次告白，她依然毫不氣餒。

我吃著餅乾，心想這咒語挺靈驗的。

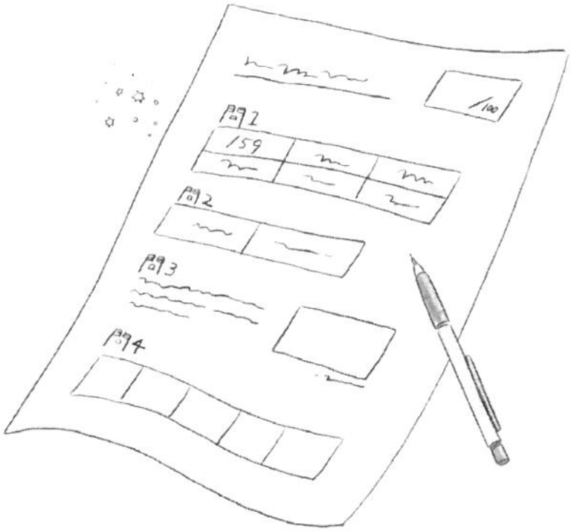

16 她與數學

我猜，她或許會覺得我是個冷淡的人。
的確，我沒有強烈的情緒起伏，
看電影也不曾掉過眼淚。
這和她總是生動豐富的表情，形成鮮明對比。

「你會因為太喜歡我，而感到心煩意亂嗎？」
「不會啊。」都什麼時候了，竟然還問這種問題。

數學考卷第一題的答案「一五九」，
這個數字使我聯想到她的身高。
這就是我對她的愛情。

17 愛情風格

為了今天的約會，我特地買下可愛的洋裝，

觀看網路上的影片練習整理髮型。你卻只是緊盯著手機畫面。

「好歹讚美我一句嘛！」

「不輕易讚美是我的風格。」

如果平常就算了，但我今天真的好想哭。

要是你真的很重視「風格」，

我「渴望被讚美」的愛情風格，你就不該無視啊！

18 才不是臨陣磨槍

只因被你甩了就變得超廢，我對這樣的自己很失望。
直到昨天都還捲得漂漂亮亮的頭髮，睡醒後變得亂七八糟；
也提不起勁化妝、健身；
在微暗的房間裡有一搭沒一搭的看動畫，一天就這樣過了。
我並不是因為愛上你才開始改變，
我一直以來這麼努力，都是為了成為你的戀人。

19 只想與命中注定的你相戀

不談戀愛也沒關係的時代。
社會上充滿各種娛樂，一個人可以無拘無束，
為什麼要為了戀愛而受傷呢？

七月，窗外下著雨。我突然想起母親說的：
「一定有命中注定的人。」

我向依然下著雨的天空祈禱，
不論會受多少傷，只希望能遇見專屬於我的你。

20 與自己共鳴的歌

「你聽聽看這張嘛。」
午休時，
妳拿給我一張有點古老的ＣＤ，
我因為過度欣喜，指尖幾乎忍不住顫抖。

這麼一來，就能更認識我喜歡的妳。
「第一首歌，我很推薦喔。
這首歌和我自己的經歷很像，我好幾次都聽到哭出來。」
就如妳說的，我聽著聽著，淚水模糊了視線。
那首歌描寫著
與難以忘懷的戀人之間的回憶。

21 喜歡到快爆炸了

「怎麼辦，我喜歡妳喜歡到快爆炸了。」

初戀的他對我說，一邊用手遮住自己的臉。

在放學後，兩個人一起回家的路上。

我笑著說：「真的嗎？」

夕陽下，那一瞬間，我感覺時間似乎靜止了。

我一定會記住的。

他泛紅的耳朵，以及我心中喜悅的顫動。

即使有一天我和他分開了，也會永遠記得。

22 暗戀

打工的地方有個辣妹。

她超級樂觀開朗，就連我這樣不起眼的男生，也願意跟我閒聊。

畢業典禮後，我向她告白：

「我一直很喜歡妳。」

她平時的笑臉瞬間消失了。

「哈哈，你這個玩笑也太過分了吧。」

我很想說句「騙妳的」敷衍搪塞，卻說不出口。

「我已經和別人交往了。」

她的眼角流下一行淚水。

第二章

無法說再見

01 我沒有勇氣

我暗戀的人跟我的好友交往了，
但我沒有悲傷的資格。
因為在背後推她一把，不論晨昏都聆聽她傾訴煩惱的，
不是別人，正是我自己。

「照著妳說的去做，真的成功了耶。」她說。
我心想：當然，
我從小就一直默默看著他，
但我不像妳，我缺乏受傷的勇氣。

02 做得最漂亮的餅乾

「這是我親手做的。」
下課後在社團辦公室，
妳分給大家小小的餅乾。
竟然連我也有。

每一塊餅乾都圓得像用圓規畫出來的，
很像個性認真的妳，我笑了起來。
「做得真漂亮。」
「哪裡漂亮？」
看到朋友手上形狀歪七扭八的餅乾，
我連忙藏起袋子，
感覺到自己心跳加速。

03 取代

她的名字和前女友相同，令我很困擾。

今天是第一次在我家約會，

我忐忑不安的告訴她這件事：

「其實，我前女友的名字和妳一樣，我還是換個稱呼比較好？」

她那原本就銳利的眼神，變得更加凌厲了。

「不，同樣的叫法就好！」

出乎意料的回答令我愣住了。

「直接用我取代掉她吧！」

04 差點說出口的話

教室裡，只剩下我和妳兩個人。

「我……」妳停下寫作業的手，說道：
「……我想問你，喜歡哪個科目？」
「咦？」怎麼突然問這個？
我回答是國文時，不知為何妳卻嘆了口氣。

後來，妳的朋友來找妳一起回家。
妳的朋友嗓門很大，
走廊那端傳來她的聲音：
「告白成功了嗎？」

05 早就準備好了

和你交往八年，分手時我卻沒有流下一滴眼淚，
反而覺得早晨的陽光比平常更耀眼，平時聽的音樂更加悠揚。

我從鞋櫃深處拿出最喜歡的高跟鞋，
感覺自己可以去任何地方。
真是可悲，過去我竟然連「再見」都無法說出口。

我的心，其實早就準備好要和你分手了。

06 似乎少了什麼

以前我不曾感到寂寞。

一個人看電影、一個人唱卡拉ＯＫ，
輕鬆自在比什麼都重要，從不在意旁人的眼光。

所以，和走到哪都要跟到哪的妳交往，
我一直很後悔。

「今天真開心！」
總是天真無邪笑著的妳，現在不在我身邊了，
才覺得似乎少了什麼。

07 不吵架的原因

他回訊息總是很慢。

「你還活著嗎？」兩天都沒回應的話，我就會再傳一次訊息。

「嗯。」一直到隔天，他才回我訊息。

過分的我行我素，讓我無言。

但某天起，我突然不在意他遲遲不回訊息了。

「最近妳都不會跟我吵架了耶。」他似乎很開心的樣子。

我點點頭表示同意。

因為對他的關心變淡了，

差不多是當朋友也無所謂的程度。

08 你果然怪怪的

從你問我「喜歡什麼類型的人」那天開始，你就變得怪怪的。
突然跟我保持莫名的距離，
以往總是「喂」、「你給我聽好」的纏著我，幾乎到了煩人的程度。

早上你翻開筆記本時，我跟你打招呼：「早！」
「早安。」你的回答彷彿我們很陌生。

果然不對勁。
自從我回答「喜歡有禮貌的人」那天開始，你就怪怪的。

09 與我推戀愛

只要我踏進廚房，剛交往不久的女友必定會進來，目不轉睛盯著我，大概是擔心吧？

只是拿起菜刀，她也緊張的阻止我：「等一下！」問她：「怎麼了嗎？」她卻回答：沒事。明明可以直說啊！

我把做好的菜裝盤時，她在一旁喃喃的說：「這不是作夢吧……。」我問她：「很奇怪嗎？」

「我推＊竟然在做菜！」

＊我推原文為「推し」，源自追星族用語，指自己最喜歡、最支持的偶像或角色。

10 為什麼傳訊息

「感覺妳會喜歡這個。」

我暗戀的他傳了 LINE 給我。

是一張貓咪布偶的照片，似乎是他外出時偶然看到的。

看著這沒什麼特別的內容，我在床上翻來覆去。

這是怎麼回事？

他明明說過不喜歡頻繁的聯絡，

甚至還說，如果不是很喜歡的對象，絕不會發閒聊的 LINE。

11 遜斃了的一面

前男友不時會約我去居酒屋喝兩杯，
他還是老樣子，穿得很邋遢，嘻皮笑臉的樣子。

「我的新女友超正！清純又可愛！」
我實在搞不懂，老向我炫耀照片的前男友，到底是什麼心態。
「以後不要再約我碰面啦。」
「可是……我不能在女友面前，表現出這麼遜的樣子啊！」

啊……原來我不曾擁有過他「女友」的這個身分。

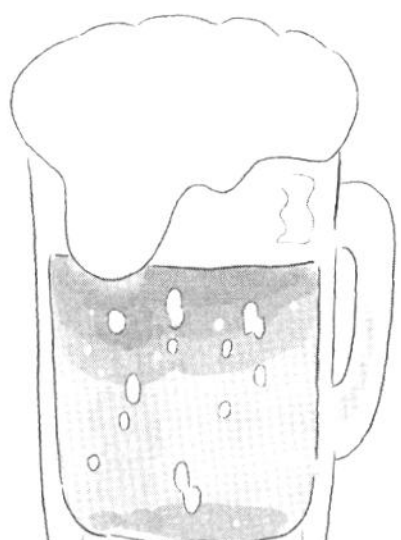

12 和你走同一條路

小時候，我很喜歡和玩伴一起出遊的時光。
父母親開車，
我們坐在後座，兩個人吵吵鬧鬧，至今記憶猶新。

經過十五年，當時的一切都已改變。

我們開車慢慢行駛在鄉下的田間道路，
兩人悄聲交談。

我們的孩子在後座睡得香甜。

13 鎖定目標

「好想交女朋友。」

我一直暗戀著的你，最近常把這句話掛在嘴邊。

「要不要考慮我呀？」真希望能以玩笑的口吻對你說，偏偏這種時候，我就是無法擠出笑臉。

要是一個不小心，你可能會被別人搶走。

我跟社團的夥伴商量，大家卻都異口同聲的說：

「奇怪？他在我們面前從沒說過這種話。」

14 戀愛如同落葉

失戀後已過了兩年。
上學路上翩翩飛舞的紅葉，以往曾和你一起欣賞過。
你是我最初的戀人，
雖然我們現在連普通朋友都不是。

當時，我曾深信不可能再愛上任何人。
喜歡你，就算只是短短交會的一瞬間，也能讓我感到滿足。
即使如此，分手後我卻依然可以重新振作，我對這樣的自己很失望，
但也有同等程度的釋然。

15 我會一直等你

「我會一直等你。」妳擦去眼角的淚水，這麼說著。
儘管我拒絕了妳的告白。

妳信守承諾，隔天依舊跟我打招呼，
一如盛夏的豔陽。

當我終於愛上總是在我身邊的妳，已是楓紅飛舞的季節，
聽了我的告白後，妳卻泣不成聲。

「抱歉，我說了謊。其實，我沒有堅強到可以一直等下去。」

16 愛情的分量

不論是傳 LINE 或打電話，都是我主動。
妳上回主動找我約會，是什麼時候呢？
有些缺憾，但我們還是這樣又交往了一年。

「怎麼了？你今天特別安靜。」
一起出門購物途中，走在前面的妳回頭問。
我沒回答，只是低著頭。

因為我也不知道怎麼了。
已經和過去不同，
即使我們的愛分量不對等，我也不曾如此哭泣過。

17 生日禮物

「你想要什麼生日禮物？」
我問了好幾次，他總是笑而不語。
「我想要回到家時，妳給我一個燦爛的笑臉。」
「別鬧了。告訴我嘛！」
他生日當天，我到傍晚都還在店裡選禮物，
但我突然想起一件事，立刻飛奔回家。
他曾告訴我，因為家庭環境複雜，
所以他的童年充滿許多孤單的回憶。
尤其是生日的晚上。

18 我想聽你說話

一年了，我們依然維持著朋友以上，戀人未滿的關係。

即使近在咫尺，同班同學的我們卻沒有任何肢體接觸。

夜晚獨自在房間時，手機響起。僅僅如此就令我雀躍不已。

「妳在做什麼？」你溫柔的聲音在耳邊迴盪。

這是這週的第二次通話了。

「你最近常打電話給我呢。現在比較有空了？」

「不，還是很忙……。」

可以答應我一個請求嗎？

今天，我想繼續聽你說話。

19 儲存在記憶中的相片

女友正熟睡著。

下午三點的陽光照耀下，她的髮梢閃爍著金色光芒，

閉上眼睛時，長長的睫毛格外顯眼。

平時總到處奔忙的她，這段時光彌足珍貴。

本來想打開手機鏡頭，卻又作罷。

多年後，當我不經意回想起來時，這個景象會是最燦爛。

20 閃耀的夏日

我曾以為自己討厭夏天，
空氣又熱又溼黏，還會曬傷。

但因為你，我的想法瞬間改變。
「這個週末有空嗎？要不要去海邊？」

我暗戀的你，
第一次邀我出遠門。
要穿哪件衣服？要帶泳裝嗎？
悸動不已的心情令我坐立難安。

夏天開始變得璀璨，耀眼到令人目眩。

21 希望成為男友的人

因為喜歡你，光是看到你傳來的 LINE 訊息就雀躍不已，每次打開對話視窗，嘴角就不禁失守。

「妳在跟誰聊天？男朋友嗎？」

從斜後方探頭過來，試圖窺看我螢幕的，正是當事人。

「如果這人是我男朋友的話，我會很開心。」

我曖昧的回應後，你有些靦腆的低下頭。

「我看到名字，所以隨口問問。」

22 相似的夫妻

我們是透過交友軟體認識的，

因為彼此志趣相投，最後選擇結了婚。

記得交往當天，我們確認彼此的手機都刪除了應用程式。真令人懷念。

婚後，我曾偷看過一次丈夫的手機。

「果然……。」

原本移除的應用程式，他又重新下載回來。

我趕緊更改了自己的帳號設定，以防和丈夫配對成功。

23 用心打扮

清晨，他獨占了鏡子。

很久沒看到他抹髮蠟了。

「今天有約？」我問。

「嗯。跟社團學弟妹約好了，要教他們樂器。」

他仔細梳理頭髮，從髮根到髮梢。

真帥氣啊。

和我約會時，他有如此費心打理自己嗎？

雖然我明白，我沒有他的學妹可愛。

24 即使想表達感謝

不擅言詞的我，連一句「一直很感謝妳」也無法坦率的對妻子說，
明明是發自內心深愛著她。
總想著兩人老了以後，就要告訴她。她卻病倒了。

醫師告訴我，妻子剩下的時間已經不多，
我還是無法對她說出：「謝謝妳。」

如果在這時候慎重的表達感謝，
想必會令容易不安的妻子，察覺她來日無多吧？

25 飛奔去見你

我在夜晚的街道上狂奔，
只為了去見最心愛的人。

再五分鐘應該就會到了。
擦肩而過的人無不露出詫異的眼神，
這也難怪，
明明是嚴冬，我卻汗水淋漓。

我想見你，
想見你的心始終如一，但今天特別想見你。
我只是想告訴你一句：「我很愛你。」
所以，神啊！請祢還不要把他帶走。

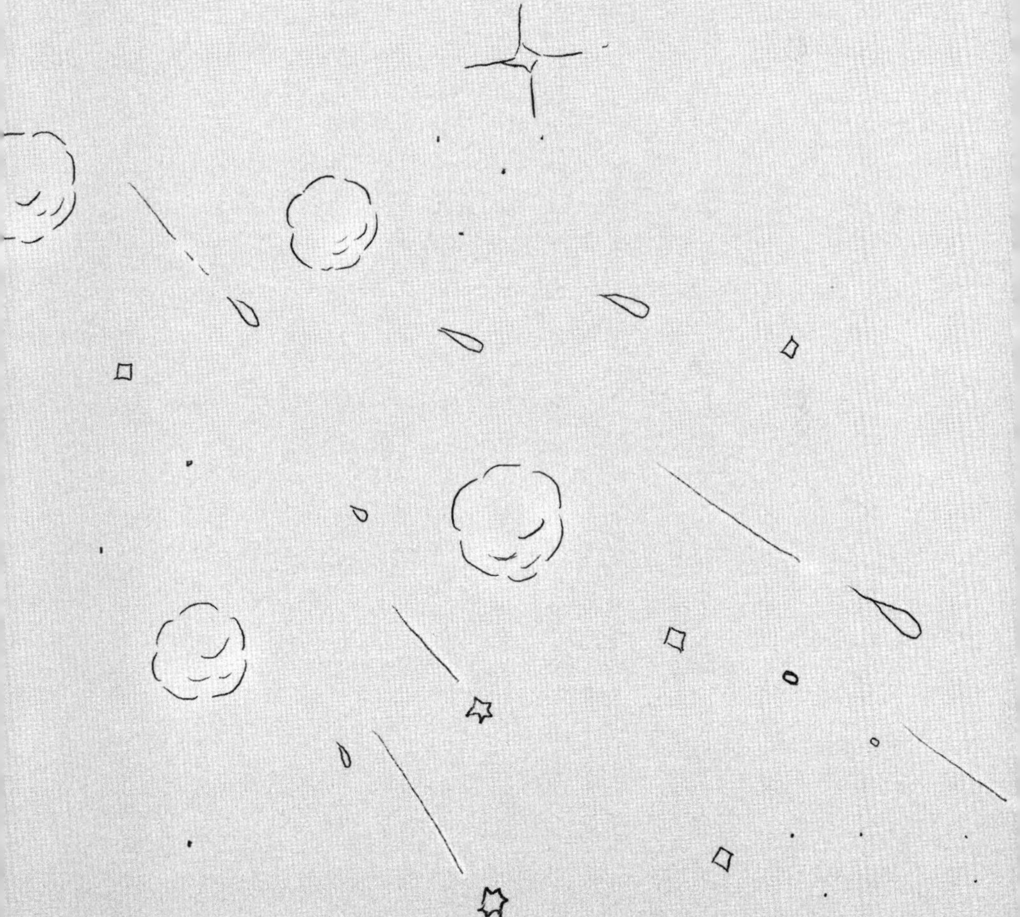

26 完美的戀人

被最愛的她甩了，
雖然笨拙的我自認已盡力珍惜她。

看著她長髮搖曳，就要離我遠去的背影，
我不禁問：「為什麼？」
她回過頭，眼眶含淚直視著我。

「你很溫柔，又很努力，完美無缺。」
「既然這樣，那是為什麼？」陰鬱的天空開始落下雨滴。

「所以我累了。抱歉。」

第三章

這是我最後一場戀愛

01 守門員

「妳要穿這麼難看的衣服參加同學會？」
正準備出門時，男友對我說。
「咦，這樣不是很可愛嗎？」
「哪裡可愛了？」
衣服、襪子、帽子、耳環。
他皺著眉，雙臂在胸前交叉，命令我全部換掉。

真是麻煩，
我不情願的換了衣服才出門。
看樣子他相當擔心。

明明衣服、帽子那些全都是他送我的。

02 情侶專用APP

剛交往的男友，
手機裡安裝了情侶專用的應用程式。

他看起來酷酷的，沒想到如此細膩，前女友喜歡這樣的他嗎？
我內心充滿嫉妒。

「這個應用程式……。」我問。
看到我指著手機螢幕的位置，他似乎有些緊張。
「那、那個是……。」他點了一下，跳出來的竟是我的名字。

他上週才下載這個程式，
為了記錄我們兩人的紀念日。

03 人生中最幸福的時刻

我在他的房間意外翻到一本舊相簿，
怎麼看都像是他和前女友一起製作的相片集。
在海邊依偎著的兩人，照片下方寫著「此刻是最幸福的時光」。

我問正在打掃的他：
「你人生中最幸福的時刻，是什麼時候？」
他閉上眼睛，似乎在回想：
「什麼時候呢？」
我懂了。

他此刻的目光，凝視的是往昔。

04 完全相反的理想型

聽到你說喜歡的偶像，
是和我完全不同類型的女孩子時，我差點哭了出來。
「原來是她呀，真是可愛。」
不可以。絕對不可以。
在這麼熱鬧的午休時間流淚的話，大家一定覺得我很奇怪。

「不過，喜歡的人跟偶像通常會是不同類型呢。」
我抱著一絲期待說出口，你卻搖了搖頭。
「我喜歡的對象，就是跟她很像的人啊。」

05 笑著送別

「元氣滿滿的出發吧！」女友用力推了我的背一把。

春天，進入機場安檢前。

我還是戀戀不捨，道別前緊緊抱住她。

「抱歉，不能陪在妳身邊。」

「說什麼傻話，搭個飛機一下子就到了呀。」

在她開朗的聲音下，我走向安檢門。

上飛機前，收到她的訊息。

「我已經開始想你了。」

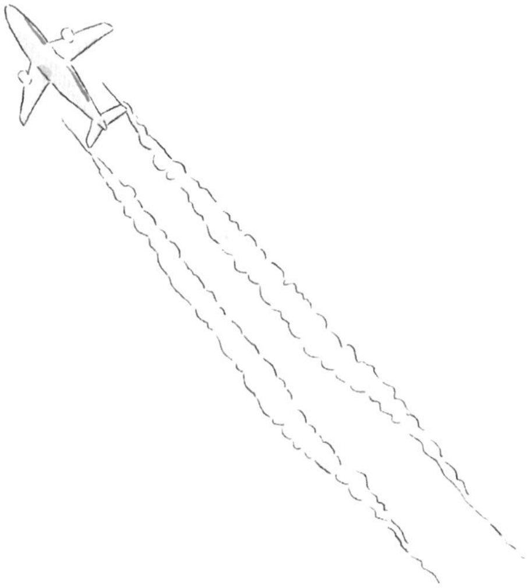

06 愛情的陰晴圓缺

曾經覺得，只要和他在一起就能幸福。

「紀念日有什麼計畫？」
我問正用手機看影片的他。
「都好啊。妳決定。」
聽到他的回答，我不禁嘆了口氣。

昨天的約會最甜蜜，今天的對話卻最差勁，
原來戀愛的心情，也會像月亮一樣，有陰晴圓缺。
多希望能永遠維持百分之百的愛戀。

07 假裝沒注意到

明明已經結束了，卻假裝沒注意到。
我們都一樣假裝。
仰望著沒有星星的夜空，
說了句「本來想一直在一起的」，就掛斷了電話。
因為抱著這是最後一次戀愛的心情而開始交往，
因為相信彼此是命中注定，
即使不再喜歡，也難以割捨。
聯絡方式、照片都沒能刪除，就這樣等著天亮。

08 紀念日的眼淚

「分手吧！」要送出這則訊息時，

突然驚覺，輸入這幾個字已是兩週前的事了。

你是我的初戀，

我曾堅信只要有愛，任何困難都可以克服，

但這段戀情讓我學會了，光是喜歡也終究有無能為力的時候。

餘光瞥了一眼時鐘的指針，按下傳送鍵。

沒有慶祝的一週年紀念日，我一個人在夜裡泣不成聲。

09 單身就結婚的約定

「如果再過五年，你我都還是單身，我們就結婚吧！」

大學時代和友人的這個約定，轉眼已過五年，

曾幾何時你已成了適合穿西裝的成熟大人。

「還記得以前的約定嗎？要是彼此都還單身的話就結婚。真傻！」

聚餐時，你笑著這麼對我說。

你左手無名指戴著婚戒。

的確是呢，把那句話當真的我，真傻。

第三章｜這是我最後一場戀愛

10 小小的憧憬

「不辦婚禮沒關係吧？」

求婚之後，走在回家的夜路上，他這麼說。

他繼續說道：「婚禮費用拿來當生活開銷比較實際。」

這個想法很符合事事講求現實的他。我點頭答應。

我並沒有「絕對要舉行婚禮」的強烈想法，

只是那小小的憧憬，隨著夜風消逝。

11 追逐，然後受傷

週五的夜晚，心煩意亂。
我喜歡的他會約我出去嗎？

回家後，邊吃晚飯、邊瀏覽著影片。
他沒有聯絡我。

時針悄悄跨過了十二點，
訊息提示欄依舊悄無聲息。
深夜一點，我一如往常傳 LINE 給他：
「明天一起出去走走吧！」

隔天早上，他回覆「抱歉」
輕易的就將我推入陰霾。
我這無可奈何的戀情。

12 只有我這樣習慣

說肉眼看不見愛，一定是謊言。

「雖然是你送我的圍巾，
但它脫線了，
我可以丟掉嗎？」
她拿著白色圍巾，這麼對我說。

尾端確實有點脫線了。
我回答好啊，沒再多說什麼。

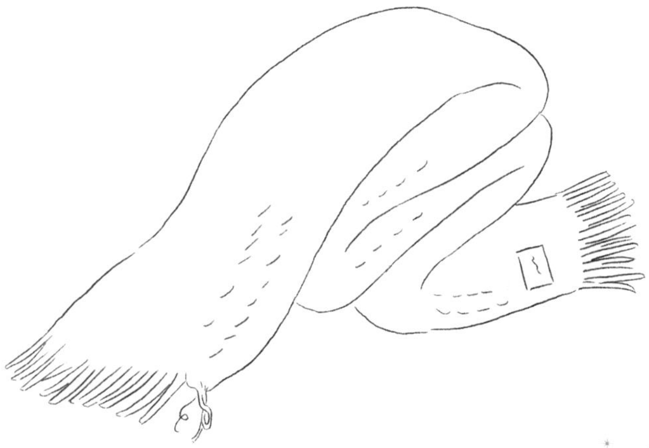

也許只有我會這樣，
就連禮物的包裝盒，都視若珍寶。

13 喜歡我嗎？

「吶，你喜歡我嗎？」

喝了幾杯燒酒醉了的她，躺在沙發上這麼問我。

「當然！」我回答。

「我不會做菜也沒關係？」

「嗯。」

「我很粗枝大葉也沒關係？」

「嗯。」

她突然一臉正經。

「那就表示——」她大概要說我品味真差了吧！

「你真的超喜歡我的。」

14 和好的方法

我們沒有互道「晚安」就上床睡了。

明明想和體貼的人交往，
但你和我一樣，個性都很倔強。
醒來的時候，寂靜的臥室只有我一個人。

我嘆了口氣，起身到廚房，
發現你已準備了我的早餐。
我吃著煎焦了的荷包蛋，
眼角開始灼熱起來。
你勉強自己做不習慣的事，
代表你的歉意。

15 回程的時候

要去見已三個月沒見面的他，
我將兩天行李和伴手禮塞進後背包，搭上新幹線。

車窗外的雪山、河流，甚至再平凡不過的住宅區，今天都顯得格外耀眼。
他會輕輕的擁抱我，溫柔回應我所說的每一句話吧，
正因如此，我更是不安。

回程的新幹線上，望著同樣的景色，我將會哭得多傷心呢？

16 和平的背後

我決定不再要他改變。

不再因他襪子亂丟而生氣，
經常忘東忘西的毛病也不放在心上。
這麼一來，我們爭吵的次數突然減少。
「最近真是和平啊！」他很開心的在餐桌旁坐下來。
的確，每天都平靜得令人驚訝。

除了更常想起，
不需要我拜託，就會為我改變的前男友。

17 想解開誤會

前男友傳來訊息，距離我們爭吵已過了兩週。
看了訊息通知，我不禁驚訝的「咦？」了一聲。
分手是因為我發現他腳踏兩條船，
大吵了一架。

「腳踏兩條船是誤會。」
訊息是這麼寫的。
誤會？因為鐵證如山才分手的，他還想辯解什麼？
我繼續往下讀。

「正確來說，是八條船。」

18 和你的女友相似

「啊——妳說女朋友啊？」

兒時玩伴有些難為情的搔了搔太陽穴。

八月。最近到了傍晚，暑氣也絲毫未減，令人心情煩悶。

「該怎麼說呢？她是個好女孩，但有點笨拙。

說到這點，或許跟妳有點像。」

「喔，真是恭喜你啊。」我這麼回應。

笨蛋。那算什麼啊。選我就好啦。

明明選我就好了啊。

19 我無法成為你女友的理由

你的女朋友很平凡，
只聽店裡播的那種流行樂，
根本不懂得欣賞你創作的曲子。

「為什麼是她？」
你背著吉他，我盯著你的側臉，興師問罪。
從錄音室回家的路上，
冷冷的月光，在地上映出兩人的影子。

「因為她不會管我，我喜歡這一點。」你說。
就在剛剛，我對你寫的曲子發表意見。

20 早已結束

因為我出軌，戀人提了分手。

但其實，就只有酒後失控那一次。

戀人傳 LINE 給我：「分手吧。」

我希望和她見面、獲得她的原諒，所以回傳：

「三年的感情，難道一則訊息就這樣結束嗎？」

隔天，她回了訊息。

「你還不懂嗎？我們的感情，早在你背叛的當下就已經結束了。」

第四章

永遠不可能兩情相悅

01 他沒說出口的話

我的朋友們，都對他沒好評。

他對未來毫無計畫，也沒有結婚的打算。
「我這種人當妳的男友好嗎？」他老是這麼說。
「你何必把自己說成這樣！」
因為他隨便的態度，我們吵了好幾次架。

春天，他突然住院，就這麼走了。
留給我的信上，抖抖的字寫著：
「其實很想告訴妳，我想永遠和妳在一起。」

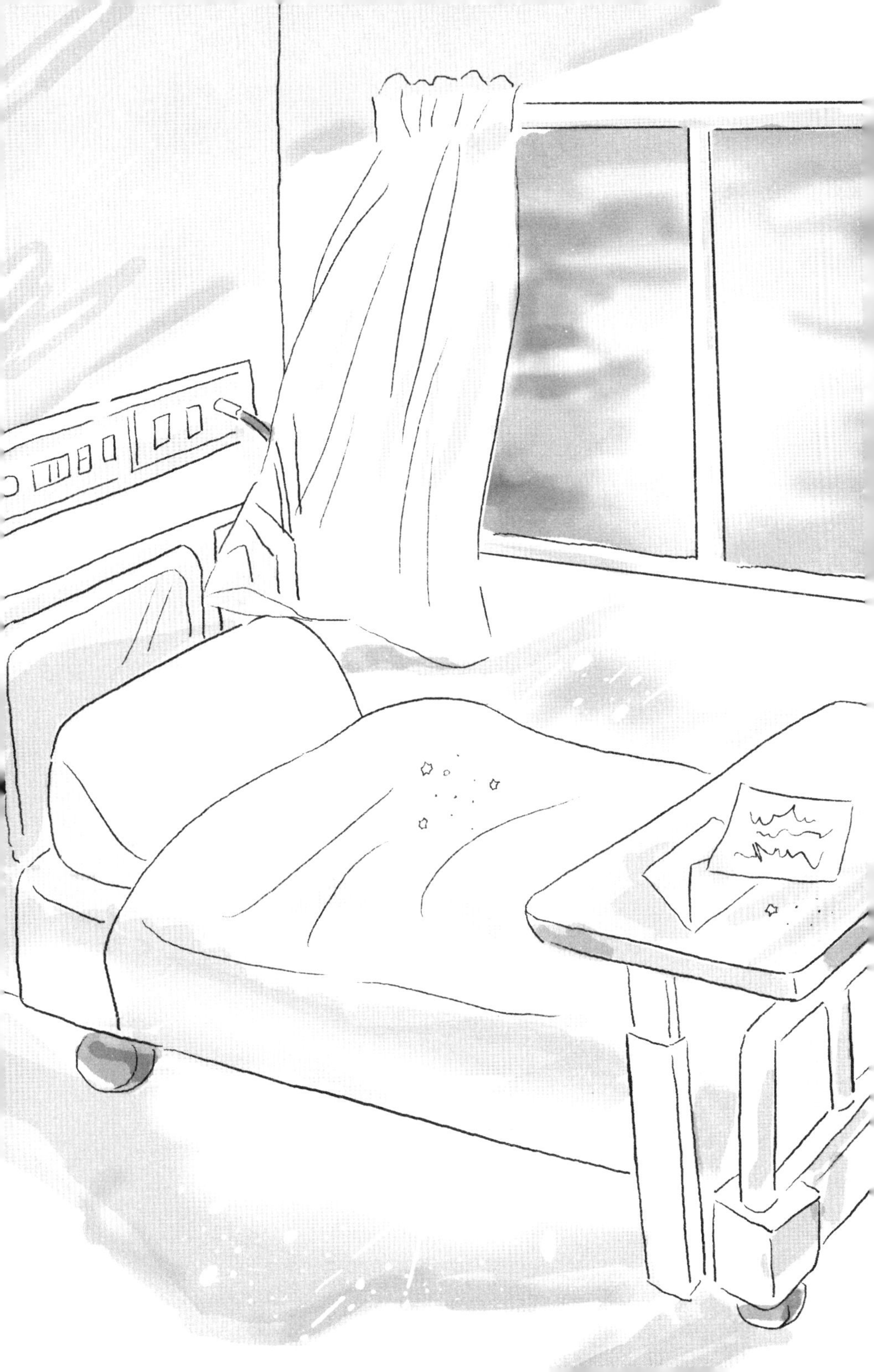

02 告白以外的方法

我喜歡在下課後變得安靜的教室裡，和他閒聊。

「你覺得我可以跟學長告白嗎？雖然他有女友了。」

我向他傾訴煩惱，他一如往常默默的聽我說。

「我也不知道。但除了告白，應該還有其他方法能讓對方察覺妳的心意。」

「比方說？」我追問。他望著窗外說：

「比方說，一直待在他身邊。」

03 為了你放手

前男友送的禮物之中，有一件我始終無法丟棄。
雖然我總覺得那髮飾對我而言太過可愛，
但他那句「絕對很適合妳」的甜言蜜語，溫柔的融化了我的心。

「不丟掉也沒關係喔。」
一直默默守候著我的學弟這麼對我說。他比我成熟許多。
我心想，總有一天要放下。
看著他總是堅強，笑容卻強忍著淚水，實在令我心疼。

04 兩個人的合照

我喜歡的人換了大頭貼照。

是童年時，
我們在櫻花樹下拍的一張合照。
他什麼都沒跟我說。

臉書上，
他的朋友立刻揶揄他：「交女朋友了？」
只回覆一個勝利的表情符號，也很有他的風格。

我也留言給他：
「明明有其他拍得更好的照片……。」

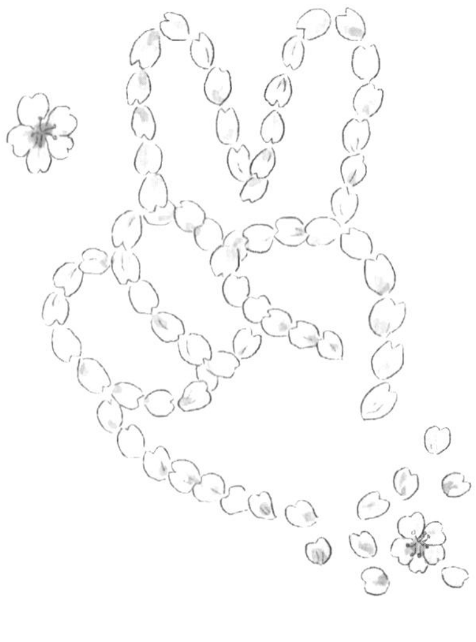

05 第一件要說的事

我從心儀的她手中收下情書。

放學後，只有我們兩個人還留在學校。

「為什麼是我？」

「我覺得你人很好，又值得信任……。」

她說著說著，臉頰逐漸泛紅。

不是謊言也不是玩笑，我是真心喜歡她。

我把情書放進書包，離開學校。

明天，一遇到那傢伙就要先說這件事。

「有人要我轉交給你。」

06 戀愛的分數

「如果愛到神魂顛倒的滿分是一百分，你愛我幾分？」
午休時，我這麼問男友。

你立刻回答：「五分吧。」
「這麼少！」
我確實有自覺，當初是我有點強硬的要你答應交往，看來前路漫漫。

我持續對你表達愛意，就這麼過了一年，
你終於害羞的回答：
「現在是一百分喔。」
但為什麼，現在反而是我變成五分了呢？

07 失戀的背後

「我喜歡的人拒絕我了。」

朋友淚水盈眶，大大的眼睛顯得格外楚楚可憐。

她突然跑來找我，我都還來不及收拾房間。

我一輕撫她嬌小的背脊，她的淚水就止不住的湧出。

到底是誰，竟讓這麼可愛的女孩子傷心？

在她留宿我家的那天晚上，男友傳了LINE給我：

「我被那個妳說是朋友的女生告白了。」

08 她的溫柔

「你有戴項鍊嗎？」

午休時聽她這麼一問，我額角滲出冷汗。

我們約好要配戴成對的情侶項鍊，

但是，每天都要戴上很麻煩，所以我今天偷懶沒戴。

「抱歉……最近沒戴。」

我坦白之後，她笑著說：「我也是。」

她襯衫領口隱約可見銀色的鍊子。

09 喜歡老師

高中時，我曾愛上班導師。

「老師，我喜歡你！」

「學生就該和學生談戀愛！」

聽起來似乎有些矛盾，

但我就是喜歡這樣的老師，包括他堅持師生分際這一點。

高中畢業後五年，偶然找到老師的社群帳號，

看到他的近況，我不禁嘆了口氣。

老師，和他的學生結婚了。

10 下戰帖

「分數低的要請對方吃冰喔！」
考試前，坐隔壁的妳向我下戰帖。
「吃冰不太好吧？最近天氣有點涼。」
從教室窗戶進來的風，
帶著微微的桂花香。
「那就請吃點心。」妳露出微笑。
我知道，妳真正在乎的不是分數贏過我，
而是兩人一起回家的歸途。
我也一樣。

11 不擅長打電話

「遠距離啊，」他感嘆著：

「我不太喜歡打電話。」

雖然他露出一絲不悅，

但直到畢業那天，都沒開口提分手。

春天到來時，我搬到遙遠的城市，

他果然沒打電話給我。

但他每天晚上都會傳 LINE 給我：「還沒睡嗎？」

他知道這麼做，我就會打給他。

12 戀愛經驗豐富

「你覺得，兩個人要怎麼樣才能變成男女朋友？」

我在死黨家，一邊嗑著零食、一邊問他。

「妳這傢伙！那是我的！」一如往常的被他罵了。

「總之先拉近距離，打開心房。」

戀愛經驗豐富的他，提出的建議很有參考價值。

「原來如此。具體該怎麼做？」我追問。

他把果汁放在我面前，說：

「先從成為夠格的死黨開始。」

13 沒有向人告白的經驗

我喜歡的人，很有異性緣。

「聽說你又被告白了？」

打工結束的回家路上，我努力擠出笑臉，深怕自己哭出來。

「原來妳也知道這件事。」

即使在夜色中，你的側臉依然清晰可見，

完美得令我不禁別開目光。

「真羨慕你，永遠都是被人告白的那個。」我說。

你突然牽起我的手。

「正確來說，是到此刻為止。」

那是我第一次看到你露出緊張的神情。

14 眨眼的瞬間

今天，我和偶像第一次進行視訊通話，是我前陣子抽籤獲得的線上見面資格。

「今天謝謝妳！我好喜歡妳喔！」我對她說。螢幕上的偶像對我眨眼的瞬間，我差點就要暈倒了。

怎麼辦？我才剛跟朋友說：「我才沒有迷戀她呢！」現在全都變成謊言了。

15 我也很好

我從小就一直暗戀著的妳，似乎又被別人甩了。

寒冬深夜被妳叫到公園，
看到妳眼睛紅腫，臉頰也凍得通紅。
妳說，這次雖然為期短短兩個月，卻是真心交往。

「我也很好啊！」我不小心脫口而出。
「你在說什麼啊？」
妳一臉不悅，刺痛了我的心。

「別說『我也很好』，要說『我絕對比他們更好』。」

16 明明想對妳死心

我愛上了有男友的她。

因為籌備校慶活動，我們越走越近，

一不留神，我的心已被徹底擄獲。

「聽說，她男友是外校的學生。」

所以，從朋友那裡聽到這個傳言時，我的思緒陷入一片混亂。

明明下定決心對妳死心，今天卻又夢見妳。

我想知道真相。

校慶前一天，

為什麼妳笑著對我說：「男朋友？我沒有男朋友啊。」

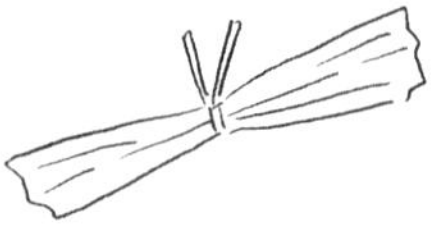

おばけやしき
2-A

17 耳針與我

他不擅長整理，房間地板總是亂成一團，
脫下的運動衫，
MEVIUS LIGHTS 的菸盒。
提醒再多次，他依然故我。

但這樣懶散的他，卻習慣把心愛的銀色耳針、手機，
放在比較高的地方。

這令我倍感空虛。
我坐在凌亂的地板上，抬頭望著那閃耀的耳針。

18
戀愛小惡魔

「妳真是個小惡魔。」

我暗戀的對象這麼對我說。

在他眼裡看來，我的舉手投足似乎都充滿心機，

他甚至曾說：「一不小心可能會愛上妳。」

「愛上了也沒關係。」我嘟囔著，看著鏡子，刷上了睫毛膏。

「這可不行。我已經有女朋友了。」

我精心描繪的眼妝，被淚水暈開，模糊了視線。

19 曾經相信永遠

我曾有一個摯愛的人，
並深信我會與這個人共度一生。
買可愛的裙子、學會編各種髮型，
都是和他交往後才開始的。
我曾經想過，要是哪天和他分手了，就這麼死掉也好。

但三年後，說出「我愛上別人了」這句最令人心碎的分手理由的，
卻是我自己。

20 我單戀男友

心儀的他，成了我的男友。
「我現在還談不上很喜歡妳，
但我們可以先交往看看。」他說。

每一次都是我主動約他。
研究什麼髮型可愛，一個人興奮期待著，
試著不介意他老是遲到。
直到某天，與電車車窗倒映的自己視線交會，
我看到一張泫然欲泣的臉。

我終於明白了。
我永遠無法與他兩情相悅。

21 為他量身打造

我被他喜歡。

他說，因為我不像其他女生，動不動就哭哭啼啼。他喜歡我的不麻煩。

「或許，我再也不會遇到像妳這樣的人了。」

他總喜歡這麼讚美我。

他在公司很受女性歡迎，

或許以往的戀愛讓他累了吧？

因此，感傷時我會緊緊閉上雙眼，

不讓淚水輕易滑落。

22 自作多情

同年級的你，總是說些引人胡思亂想的話。
「妳還沒有男朋友嗎？太好了！」
太好了是什麼意思？
我始終無法鼓起勇氣問你，就這麼任時光一天天流逝。

直到春意來臨的某天，我不小心說溜嘴。
「你老是這樣說，會害我自作多情。」
聽到我這麼說，你一臉困惑：
「妳、妳現在才開始自作多情嗎？」

23 戀愛中的妹妹

平日很懶惰的妹妹，難得在家運動，

這週末是她的第一次約會。

不過，就這麼幾天臨時抱佛腳，我想是不可能發生奇蹟。

「老哥你也多動一動嘛！這樣不受女生歡迎喔。」

「要妳管！」

從小，妹妹就對我很囂張。

但看到她氣喘吁吁、汗水淋漓努力的樣子，我不禁暗自祈禱，

希望我妹妹這個約會對象，能好好珍惜她。

24 你是天使

「你人真好，簡直就像天使。」

寒冬中，我們牽著手回家的路上，妳說著說著，突然噗哧一笑。

真是誤會大了。

我回答：「才沒那回事。」

這並非謙虛，我確實也覺得自己平時算是溫和的人，

但凝視著妳的側臉，我心想：

要是發生了什麼讓這笑容蒙上陰影，我一定會變得冷酷無情。

第五章

離愛情總是差一步

01 下次

「學長，下次一起去看電影嘛！」
「煩死了，不要。」

連續幾個月提出邀約，都被拒絕。
可能是被我煩到受不了，某天學長竟答應了。
終於！我絕對要好好把握機會！
但約會當天，我花了太多時間準備，
結果嚴重遲到。
抵達車站時，我幾乎要哭了出來。

「妳也遲到太久了吧，」學長嘆了口氣說：
「下次別再遲到了。」

02 秒回

「明天要不要一起出去走走？」

週五的夜晚，我鼓起勇氣，
傳 LINE 給暗戀的學長。
但按下傳送鍵的瞬間，不安瞬間襲來。
我會不會太心急了？會不會嚇到他？
正想再補充解釋時，
學長簡短的回覆了：「好啊。」

我開心得止不住嘴角上揚。
他竟然答應了！
我連要去哪裡都還沒說呢！

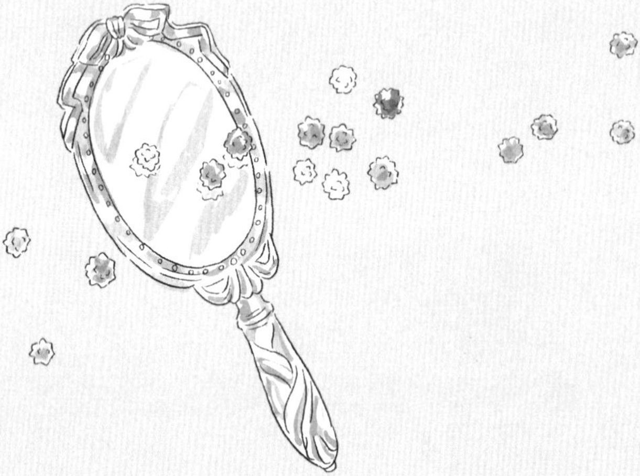

03 他喜歡笑容可愛的人

聽說學長有心儀的對象，
是個笑起來特別可愛的女生。

聽到這個傳言後，我一直覺得很煩躁。
「一定是個大美女吧？那個你喜歡的人。」
走廊上只有我們兩人時，
我忍不住脫口而出，
酸溜溜的語氣完全藏不住。

學長噗哧一笑，
「妳如果那麼在意的話，
照一下鏡子吧！」

04 她的自信

周遭的人都說我總是冷冰冰的，
很難親近的樣子。
但小我一屆的學妹，
不知為何總是鍥而不捨的約我出去。

「和我出去，妳不會開心的……。」
聽我這麼說，學妹自信滿滿的回答：
「我已經很開心了，沒問題的！」

從教室窗外灑落的斜陽，
映照著學妹天真的笑臉。

05 最喜歡的地方

和比我年長的他第一次約會。

在前往海邊的電車上，

平時總是酷酷的他，難得洋溢著滿臉喜悅。

雖然曾聽他說過喜歡水上運動，

但沒想到他熱愛海邊，竟到了隱藏不住興奮的地步。

「你好像很開心。」我這麼一問，他嘴角更加上揚。

「因為要和我最喜歡的人，一起去我最喜歡的地方呀。」

著 神田澪
足りない
140字で切ない結

06 交往那麼久了

「說到生日禮物，我想要花或小飾品。」

生日倒數四天，
我依偎在交往多年的他肩上。
他卻自顧自的繼續打電動。

「妳真是奢侈的女人。」
「什麼嘛！只有今年而已，不過分吧？」

我原本想裝可愛，卻不爭氣的落下淚來。
我說喜歡的東西，他一次都不曾送給我。

07 幸福的只有我

「因為你忘不了前女友。」
她淚眼婆娑的提出分手，
理由竟然是這句話。

我的心彷彿被活生生撕裂。
因為這已不是有沒有好好溝通的問題。

回家的路上，在這個最糟糕的一天，
我竟覺得夕陽真美。
啊，原來如此。
自始至終，
沉浸在幸福之中的，原來都只有我。

08 找錯遊戲

一直在找對方犯的錯，究竟從什麼時候開始的呢？
也許是距離太近了吧。

「你襪子又亂丟！」
「煩不煩啊？我今天已經快累死了！」
日復一日，重複著同樣的爭吵。

沒有逃離空間的套房，填滿了彼此的嘆息。
為什麼我們把生活過成這副模樣？
明明一開始我們想找的是幸福。

09 戀情三年就會褪色

有人說，戀情三年會褪色。
我一直覺得，如果真是這樣就太悲傷了。

「吶，你聽我說。」
放學後，妳一如往常說著戀人的話題，
卻完全不曉得我一直暗戀著妳。

雪融後的春天，與妳相識就三年了。
到時候，這段煎熬的單戀也能褪色的話，對我來說或許更多是救贖。

10 就如季節變化

打掃時，偶然發現昔日喜歡的他借我的小說。
「這本借妳！」從他說這句話的夏天到現在，已經過了五年。
當時沒有勇氣，也沒有契機，所以始終未能跨越朋友的界線。

我仔細拭去書上的塵埃，
當時他一再保證「妳絕對會喜歡！」
讀到最後一頁，發現並不覺得有趣，反而令我鬆了口氣。

秋天的腳步，正悄悄靠近。

11 鯨魚畫

我工作的圖書館，牆上掛著一幅很大的鯨魚畫。

每天都來欣賞這幅畫的老婆婆，
令我有些在意。

「您很喜歡這幅畫嗎？」

有一天，我大膽的開口問了老婆婆。

她露出落寞的微笑。

「與其說喜歡，不如說是愛戀。
這幅畫，是我老伴的遺作。」

12 迷戀謊言

我們在充滿回憶的便利商店前道別。
「下次再見喔！」
妳最後笑著說了這句話，然後轉身離去。

踏上一個人回家的路，心情很複雜，
我確信到了明天，這樣的心情會轉變成寂寞。

妳一如往常的體貼，
明明並不打算再見面，卻還是說了下次再見。
我迷戀甜蜜的謊言，
也因為謊言的虛幻，決定跟妳說再見。

13 從容

他總是很從容的樣子。
和容易不安的我不同，他的情緒很少有波瀾起伏，
而我曾經很羨慕他。

初夏，他找朋友來家裡玩。
聲音從門的另一側傳來，他們談著愛情的話題。
「要怎麼樣才能像你這樣，在愛情裡還是那麼從容自在呢？」
對於朋友的問題，他輕柔的回答：
「因為我選擇的是第二喜歡的人。」

14 融入海中的眼淚

「抱歉。妳不是我喜歡的類型。」

夕陽西斜的海邊，他對我這麼說。

遠處傳來浪拍打岸邊的聲音。我告白失敗了。

但流過我臉頰的，並非悲傷的淚水。

「謝謝你這麼說。」

目送他離開沙灘之後，我潛入海水中。

「抱歉，因為妳是人魚。」他沒這麼說，我很開心。

15 那個春天，再重來一次

向妳傾訴了三年的單相思，
換來的是「對不起」這三個字。

但我不會哭。
我能讓時間倒轉，只要回到過去、再找其他戀情就好。

開學典禮的櫻花再度在頭上飛舞，
我看見斜前方那個駝著背、熟悉的身影。
明知道這份戀情不會開花結果，
我依然在同一天、同個地點，因為同一張笑臉，
再一次愛上了妳。

16 喜歡的理由

看著妳睡著的臉，想起了往事。
究竟從什麼時候開始喜歡妳呢？
我幫妳蓋好快從妳身上滑落的被子，腦中回溯著與妳共度的時光。

是那個妳為我帶路的春天？
是發現我們志趣相投的夏天？
我無法確定。

但是，我並不在意找不到答案，
一定是因為喜歡妳的理由不只一個。

17 愛情總是差了那麼一點

總是差了那麼一點。

那些愛情，就像馬上會融化的棉花糖。
與一起玩耍打鬧的你，
無法進展到超越朋友的關係；
與總是讓我哭泣的你，沒辦法長久走下去。

再說幾次你喜歡我，再仔細察覺我的心意，
再多一些、再多一些。

明明很快就會消失，我卻貪心的想要更多，
這樣的棉花糖戀情，我知道遲早必須放手。

18 愛是眼睛看不到的

我曾以為愛是看不到的。

清晨，兩個人同居的家如此寧靜，
我拉開窗簾，感覺這段日子既真實又虛幻。
比方說，我在沙發上打盹時，妳為我蓋上毛毯；
即使說些沒有營養的話，妳依然對我綻放笑顏。
以及，為了不驚醒妳而放輕了腳步，
我如今明白，這可以稱之為愛。

19 開心卻又痛苦

他聯絡我，說想見我一面。
我放下手機，深呼吸後再次確認訊息，
沒有看錯。

真是難以置信，
這是他第一次說想見面，
以前他總是嫌麻煩，不喜歡主動邀約。
我的淚水滾滾滑落，
為什麼竟會感到開心？
明知道，他是為了跟我提分手。

第六章

請把我當成戀愛對象

01 身旁空無一人

分手後，我刪除了大量昔日的合照。
光是刪照片，就花了我整整一個晚上，
直到天空泛白，我也流乾了淚水。
我決定，
不再聽那些因為他推薦而下載的歌；
也決定不再踏入，
常去的那間最愛的咖啡廳。

明明已經遠離與他有關的一切，
只因嚴冬月色太美，
我不由自主望向空無一人的身旁，感覺如此脆弱。

02
只希望你幸福

我深愛的他，在戰爭中死去。

戰亂時代，我無法挽留他、求他不要走。
當時空襲警報震耳欲聾的小鎮，如今流瀉著流行音樂。

他死後，我嫁給別人，
但我想，他不會對此有任何埋怨。

趕赴戰場前，他曾溫柔的囑咐：
「要是我沒回來，妳就和別人結婚。
妳糊里糊塗的，我不放心妳一個人。」

03 何去何從

都是我自作多情。
你對任何人都可以輕易說出「妳好可愛！」、「我們真合得來！」
只有我，把一起回家的路視為獨一無二。

身旁沒有你，夕陽下的路口，紅燈的時間長得像是永遠不會變綠。
懷中的行李，沉重得令我感到苦澀，
我也想要輕鬆一點啊。

下雪了，這條路美得太過分，我找不到飄忽不定的心該何去何從。

04 初戀對象

我的初戀對象，是活在書中的人物。
瞇起眼睛笑著、靜靜流下淚水……
這些能窺見他們情感的書頁，
我一次又一次的重新翻閱。
我的心，始終難以在現實世界找到歸屬，
姊姊笑我，真是傻。

但是，這令我發狂的愛戀，
伴隨著難以承受的苦澀，
如此刻骨銘心，是最初也是最後。

05 藍藍的夏天

「總有一天，我會讓學長對我刮目相看。」
妳充滿自信的側臉，今天也一樣耀眼。

我拖了兩個月，還沒回覆妳的告白，
藍藍的天空，也漸漸染上夏天的氣息。
「你有沒有稍微心動了呢？」
妳幫我拿行李，滿臉得意的看著我。

「誰知道。」
明明已經喜歡妳到了無法隱藏的程度，
我還是無法坦率面對妳。

06 她的真心

第一次約會結束回家的路上，
她一臉悶悶不樂。

因為我的猛烈追求，她才點頭答應交往，
或許，她對我們的關係變化依然感到疑惑。
即使白天約會時，她看起來很開心。

快到車站時，她的指尖戳了戳我的手臂。
「我還有話想跟你說，我們可以稍微繞一下路嗎？」

07
誰來告白都可以交往

「不論誰跟我告白，我都會答應。」

放學回家時，聽到你這麼說，我好幾天難以成眠。

擔心有其他女生先向你告白，

但話說回來，我也沒自信可以和這麼隨便的人好好交往。

忍不住與你的好友商量這件事，他很驚訝的說：

「咦？那傢伙說過，如果不是喜歡的女生，他才不打算交往……。」

08 來我家看貓

「妳家的雜貨店，真的常常有貓嗎？」

你突然這麼問。

「真的有喔。」

附近的流浪貓，偶爾會來我家開的雜貨店睡午覺。

之後，你常為了來我家看貓，

放學後和我一起走路回家。

然而，當貓飄然去了其他地方後，你依然和我一起回家，

我至今還是沒有問你為什麼。

09 與妳的約定

「要幸福喔！」那是妻子生前說的最後一句話。
我輕輕撫摸著照片中妻子的笑臉，
她看似柔弱，個性卻爭強好勝。
不論婚前婚後，我總心甘情願任她擺布，
她想要什麼，我也總是設法完成她的心願。

但妳已經不在我身邊了。

告訴我，
我要怎麼樣才能幸福？

第六章｜請把我當成戀愛對象

10 戀愛對象

假日，與後輩約好碰面，
只是這樣而已，為什麼我的心跳如此狂亂？

昨夜輾轉反側，徹夜難眠。
明明只是約在車站前碰面，一起買個東西而已，
我卻完全無法自在的與他交談。
看我這個樣子，他露出了調皮的笑容。

「請妳把我當成戀愛對象！」
這是後輩這麼表達心意之後，我們的第一次約會。

11 不能見面的日子

開始交往後，週末就變成了見不到你的日子。
找不到藉口聯繫，就這麼捱到了週一。
「妳這兩天做了什麼？」
「沒做什麼。閒得很。」
唉，我這回答真是不可愛。

你回到座位上，慵懶的打了個大呵欠，說：
「真是的！我也閒得要命！」
清晨的教室，寂靜無聲。
你凝視著我，彷彿期待我聽見什麼。

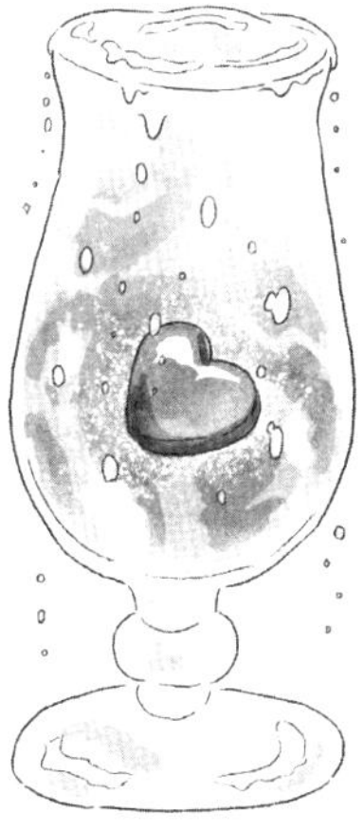

12 警告

他是個缺乏自信的人。
明明很貼心，外表也很受異性歡迎，
卻經常把「妳還是放棄跟我這種人交往吧」這句話掛在嘴邊。
每當他這麼說，我總會笑著反駁：「我才不會放棄！」
一次又一次。

多年後，我才察覺他不是沒有自信，
那句話背後別有用意，
是他給我的警告。

他想告訴我：「其實我已經結婚了。」

13 象徵

「對不起。我真是個爛人。」

分手之際，他在咖啡廳門口向我鞠躬道歉，

我只能回答：「沒關係。」

彷彿象徵著我們之間的關係，讓我胸口一陣苦澀。

我拖著沉重的腳步回家。

坦白說，我不是那麼在意他出軌。

只不過，希望至少在最後，他能跟我說聲謝謝再分手。

14 暗戀的芽

「這個週末陪我去買東西！」

放學時，你在櫻花大道上對我說。

我簡短回答：「好啊！」

努力克制著，不讓聲音透露出喜悅。

堅硬無比的暗戀種子，不知不覺冒出了新芽，

即使沒有任何回報，我依然細心栽培著這顆種子，讓它成長開花。

「我很煩惱該送女友什麼禮物。」你說。

等待枯萎的花，在我內心深處搖搖欲墜。

15 當備胎也沒關係

我以為自己並不在乎當備胎。

「抱歉，我有怎麼也忘不了的人。」你這麼回答我。
但其實，只要能待在你身邊，我就滿足了。
不論是賞櫻、夏日祭典，只要開口邀約，你都會答應，這讓我很開心。
手機相簿裡都是你的照片。

但我決定停止主動聯絡你。
因為我發現，
你不會主動邀我，永遠不會。

16 訊息通知

在人煙稀少的剪票口前道別，
你說，接下來要有一陣子無法見面了。
想支持你追尋夢想，因此我沒有說「這樣我會很寂寞」。
清晨，窗戶吹進來的冷風刺痛了我。
今天也無法見到你，然而……

手機跳出你的訊息通知——
「冷死了。」
「做早餐失敗了。」
以前的你，絕不會傳這樣的瑣事給我。
什麼嘛，原來，你挺喜歡我的嘛。

17 一塊碎片

我能看透人心，
所以，我早就知道她會提分手。

有那麼一瞬間，我遲疑了。
要爽快的答應，還是提議再好好談談？
但最後，我回答：「好吧。」

真希望我無法看穿人心。
我看見離去的她，心中還殘留著一塊對我懷著好感的碎片。

18 只有回憶

聽著他沉睡的呼吸，眼淚不禁奪眶而出。
即使睡在我身邊，他的心卻遠到我看不見。
他已不再牽我的手，
我們的對話也失去了昔日的溫度。

但他從未對我說，
既然這樣我們就分手吧。
月光穿過窗簾的縫隙，
映照在房間，輕柔的搖曳著。
我無法對這張側臉說再見，
因為有太多無法割捨的回憶。

19 溫度差

「抱歉。臨時有急事，沒辦法過去了。」
在約定時間的前一刻，他傳來訊息。
我好不容易才鼓起勇氣約他吃飯。

「別放在心上。」我回覆訊息，同時走下電車。
而他沒再傳訊息給我。
為這場約會細心整理的每一根頭髮，都變得毫無意義。
「改天再約。」想發出這個訊息的，絕對只有我。

20 愛情的傷痕

我原本以為若是開口提分手，妳必然會哭泣，
但妳只是淡淡回答：「好啊。」
或許妳也懷著和我相同的心情。

一夜之間，生活就此改變。
過了半年，寂寞逐漸淡去，
分手原來是如此的乾脆俐落。

唯有那顆難以愛上別人的心，
讓我察覺愛情留下的傷痕。

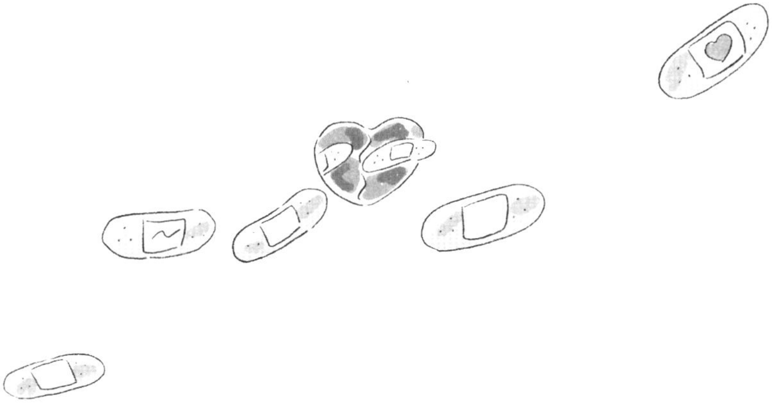

21 無法交出去的情書

許久未用的皮包裡，
有一封破破爛爛的情書。
那是我沒交給對方的情書，
上頭絮絮叨叨的敘述我們的回憶，
直到最後一行，才終於寫下「我喜歡你」，
連我自己看了都覺得傻眼。

「這封信的收件人，不就是我嗎？」
你突然從後面抱緊我。
我記得那一天，我以為信不見了，而直接向你告白。

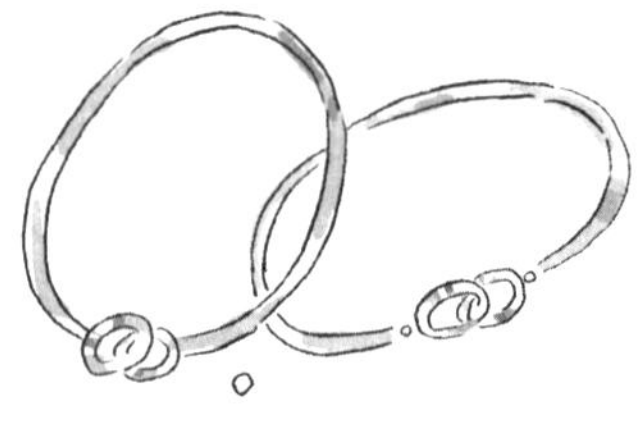

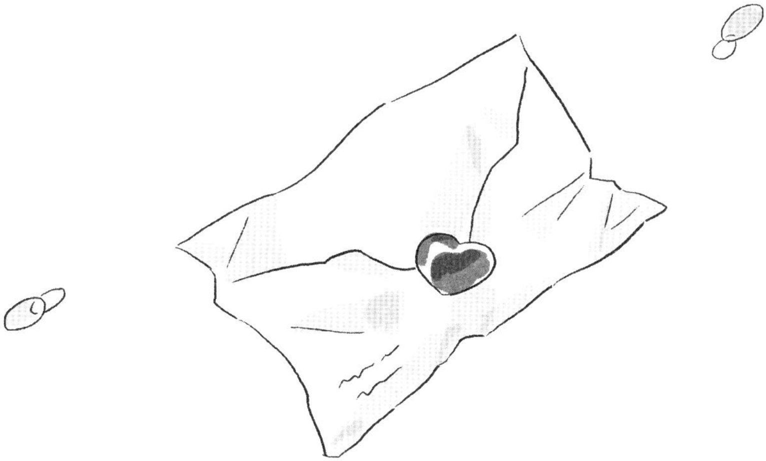

TICKET

22 打電話叫你起床

你說早上起不來，
所以拜託我每週兩天的早上打給你，叫你起床。
你起床後，我們順便聊些可有可無的話題，
像是喜歡的音樂、打工時的失誤，
我暗自竊喜，平時沉默寡言的你，不知為什麼早上總特別健談。

「其實我都起得很早，
叫妳打電話給我，只是想跟妳說話。」
我們開始交往後，
你才難為情的告訴我真相。

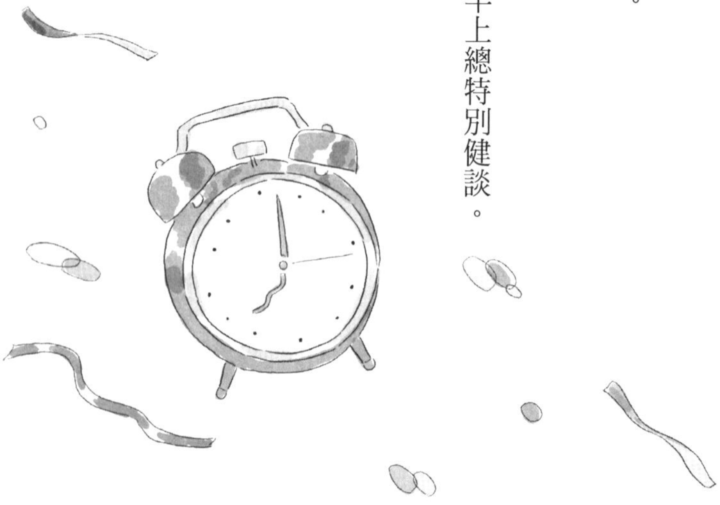

23 心願

「留長髮不熱嗎？」我問。

有那麼一瞬間，妳露出一絲凝重的表情。

「很熱啊，但我不能剪。」

我們的對話到此中斷，那是高中最後的一個夏天。

入冬之後，妳剪了一頭俐落的短髮。

「不冷嗎？」我這麼問，而妳笑著回答：

「因為心願實現了，所以把頭髮剪了。」

那是妳成為我女友的隔天。

24 以朋友的身分

「要是我正在談一場很爛的戀愛，妳可以阻止我嗎？」

走在沿海的上學路上，他這麼拜託我。

很小的時候我們就認識了，

我知道他是個缺乏自信、總是徬徨不決的人。

「好啦好啦。」我苦笑著答應他。

二十歲的夏天，我實踐對他的這份承諾。

縱然不願傷害他，但現在我必須以朋友的身分告訴他：

「我們，分手吧。」

25 只是開玩笑

「我們同時把彼此的訊息都刪掉吧。」
說好分手後，你這麼提議。
你說，要是還留著訊息紀錄，就會有所留戀。

「太晚講了吧，我昨天就刪光了。」
「什麼！妳也太無情了吧？」在傍晚的咖啡廳，你咯咯笑著。
連這種難堪時刻都還能開玩笑，當時我就是因此而喜歡上你，
但也因為老是這樣，才會分手。

26 口味變得一致

「果然還是這款起司最對味。」

採買途中，妻子指著一款我們常買的起司這麼說。

「沒錯。」我點頭，將起司放進手上的購物籃。

之後，我看著妻子，

她不斷將我打算買的東西一一放進購物籃。

我笑了，心頭暖暖的。

我想起我們剛開始同居時，喜好根本天差地遠。

第七章

再見了，世上最喜歡的人

01 為了不讓天秤傾斜

「慶祝交往三個月？妳不嫌麻煩？」男友這句話是疑問，更像是宣告。

只有我還獨自沉浸在紀念日的喜悅。

放學後，我獨自走出教室。

「紀念日怎麼不是兩個人一起回去？」

我在走廊上被叫住，是隔壁班那位上個月向我告白的人。

「他說，慶祝很麻煩。」「咦？真冷淡。」

我默默往前走。為了不讓天秤傾斜。

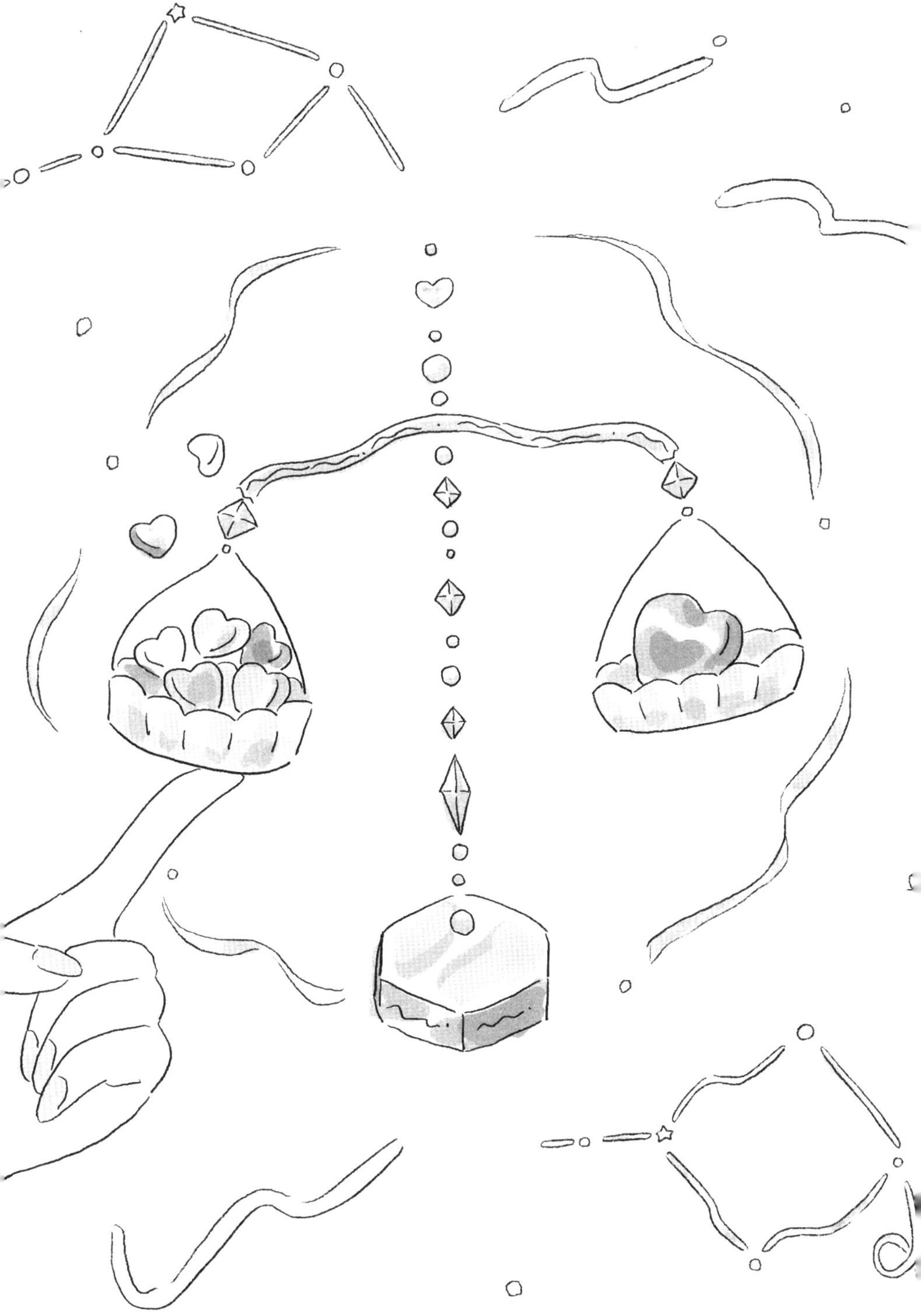

02 聯手

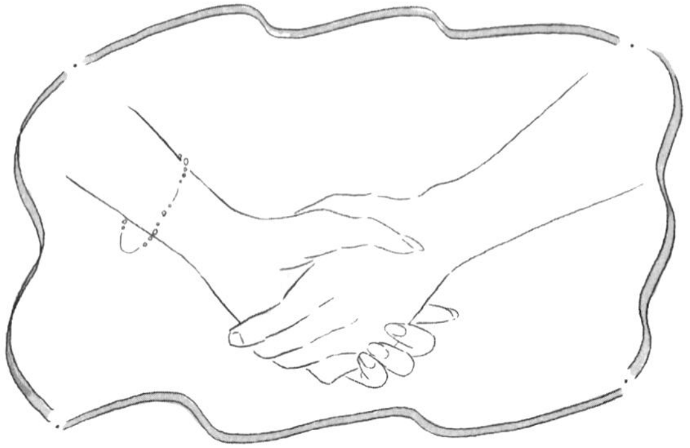

「拜託，
請讓她認為她是我的初戀。」
我的死黨低下頭，向我懇求著。
聽說，他向心儀的女生說：
「妳是我這輩子第一次喜歡上的人。」

真是無言。

但確實，我們聯手的話，事情就不會曝光吧。
現在，死黨的新女友正在他身邊笑著。
而我與他曾經相戀的過去，就這樣被徹底抹去。

03 我很特別的理由

你對其他女生都很冷漠，唯獨對我特別溫柔，
再加上三不五時傳 LINE 給我，
每天都如此，我不可能不在意。

「為什麼你只邀我一起吃飯呢？」我問。

你不假思索的回答：
「因為妳很特別。」

在雪花紛飛的回家路上，你回過頭看著我。
「而且，不必當作戀愛對象也沒關係。」

04 口風很緊

妳偷偷告訴我妳暗戀的對象是誰。

「你可以為我加油嗎？」

妳一臉不安的說，而我只能點點頭答應。

「為什麼要告訴我呢？」

我們並排站在教室窗戶前，眺望著校園。

「因為你口風很緊。」

「原來如此。」

要是妳喜歡的男生類型，是口風很緊的人該有多好。

05 想擁有你青春的全部

好想擁有你完整的青春歲月。
雖然你一定會笑我傻，
但成年後才遇見你，
你穿著制服的青春時期，
我連一瞬間都不曾存在。

看著你那和現在不同的燦爛笑容，還有著追逐夢想的炯炯眼神，
滑動社群網站的手指，逐漸變得沉重。

要是你的春天和我的春天能夠重疊，該有多好。
我只是愛戀著已逝的季節。

06 婉拒

「我有喜歡的人了。」你說。

口吻雲淡風輕，彷彿閒話家常。

心碎的夜，我傳了 LINE 給你的死黨，

但他說不曾聽你提過。

那個人，究竟是什麼樣的女生呢？

真是太令人在意。下課時間，我偷偷瞄了你的手機，

你正在讀的文章是「如何婉拒不感興趣的對象」。

07 明明不該喜歡

熱音社的學長久違的現身錄音室。

「這是慰勞大家的點心。」學長手上拿著一大盒甜甜圈，

但對麩質過敏的我不能吃。

大家都很仰慕貼心的學長，

他很受女生歡迎，要是喜歡他，必然會惹來不少麻煩。

這時，學長卻走向我，給了我一個個別包裝的甜甜圈。

「給妳，我特地找到用米粉做的！」

08 存檔點

「這裡是人生的存檔點，
要存檔嗎？」

每次準備講重要的事情前，她必定會這麼問我。
我沒有拒絕的理由，所以總是回答：「好的。」

有一天夜晚，我模仿她的口吻，問她：
「要存檔嗎？」
她回答我：「不必。」
然後，毫無遲疑的收下我送給她的戒指。

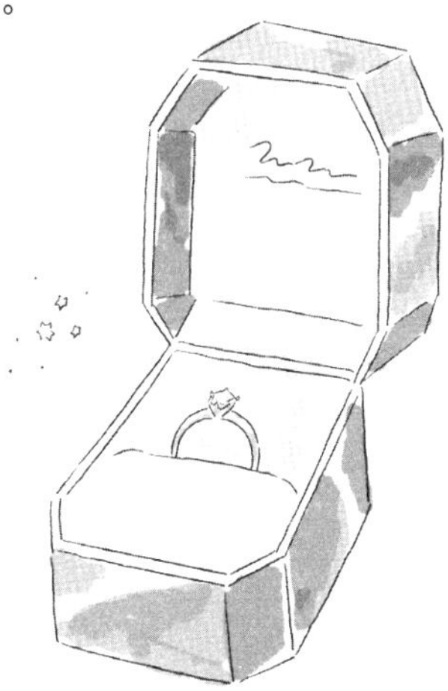

09 戀愛指南

「記住喔，談戀愛要一心一意。」

晚飯後，丈夫正經八百的叮囑還在上幼兒園的兒子。

兒子一臉茫然的反問：「一心一意是什麼意思？」

我湊到丈夫耳邊說悄悄話：

「這個話題會不會太早了？」

「我本來也是這麼想的……。」

聽說，兒子在幼兒園已經有四個女朋友。

10 邀喜歡的人喝酒

「前輩好像對戀愛不太感興趣？」

針對我這個問題，
以工作狂聞名的前輩淡淡的回答：
「怎麼會？為了防止喜歡的女生被別人捷足先登，
我都會很積極的約她喝酒耶。」
真意外，難以想像前輩竟如此積極。

之後，他一如往常點了紅酒，
我們一起舉杯。
不知為什麼，前輩今天的嘆息比以往多了許多。

11 戀變成了愛

和他在一起，心底總有一塊莫名的空缺。
心動的感覺曾幾何時已消逝無蹤，一起走路回家也彷彿例行公事般無聊，
經過林蔭大道，枯黃的最後一片樹葉飄落。

戀變成了愛，就是這麼一回事嗎？
然而，我內心卻哭泣吶喊著：還不夠！遠遠不夠！

我渴望熱戀時那樣，眼裡心裡都是他，
渴望如同愛情電影般的幸福戀情。

12 沒結果的初戀總是最美

最終，我還是沒能向你告白就離開，
畢業典禮上，甚至連一句再見都沒能好好說出口。
三月的風，彷彿要融化一切，我獨自站在搖曳的櫻花樹下*。

記憶中全是你的身影，但不可思議的是我並不後悔。
最後一次見面，你在校舍門口對我說：
「也許我們還會在某個地方相見。」
總是追逐著你的背影，
初戀結束在這個時刻，才是最美的結局。

* 日本的學年為四月開始，畢業典禮多在三月下旬，正是櫻花盛開之時，因此櫻花常象徵畢業或新的開始。

13 再見了，世上最喜歡的人

顫抖的手指，刪除了你的聯絡人資訊。
因為你的來訊而患得患失的情緒，就到此為止。

明知沒有希望，
依然拚命找話題傳訊息給你，
也到此為止。

想要果斷的放下這段感情，
黑色的手機螢幕卻映照出自己淚痕斑駁，
好狼狽。

再見了，這世上我最喜歡的人。

14 妳的任性

任性的妳，是我最好的朋友。

「我才不想跟妳這種類型的女生交往。」我這麼一挑釁，妳也不甘示弱的反擊：「我才是對你敬謝不敏呢！」

對任何事都直言不諱的妳，生病這件事卻隱瞞到最後。

「她很貼心，從來不會對我任性。」妳的媽媽流著淚說道。

原來，只有我被如此特殊對待，知道得太遲了。

15 沉默的理由

我曾費盡心思找話題跟你聊天，
那些你可能會喜歡、感興趣的話題。
夕陽下，兩個人並肩一起走，近來總覺得有些喘不過氣。

「然後呢，就……。」
「這樣喔。」
你幾乎不曾主動提過任何話題，但我知道你並非冷漠無情。

沉默一段時間後，你開口問我：
「妳今天好像沒什麼精神？」
不是這樣的。我只是不想再努力了。

16 狡猾

聖誕節前夕，
許久沒聯絡的前男友，突然傳訊息給我。
如果他能再誠實一些，
或許我們現在還是男女朋友。
「我還是很喜歡妳」、「願意再見一面嗎？」
我毫不遲疑的回覆：
「抱歉，不可能。」

他立刻回傳訊息：
「抱歉，我傳錯人了。」
看吧，你就是如此狡猾。

17 改天換我傳給你

鑽進被窩、關了電燈，卻無法入眠，
不安的情緒在內心躁動著。

「你睡了嗎？」我傳了訊息給你。
這個時間，你差不多要睡了，
應該是明天才會回覆吧？我這麼想著，手機卻立刻跳出通知。

「睡不著的話，我陪妳。」看著手機上閃爍的文字，我在心中暗自起誓，
一樣的訊息，改天換我傳給你。

18 你沒發現我的心機

「我跟女友八成快分手了。」你說。
我很差勁，內心竟為此竊喜。

心想總有一天，你會注意到我，
雖然嫌麻煩，還是留了長髮，
也總是穿著你喜歡、我卻不愛的服裝。
雖然狡猾，卻是真心的愛戀。

櫻花凋謝的時節，你還是跟女友結婚了。
婚禮會場的角落，
只有外表符合你喜好的我，黯然低下頭為你們鼓掌。

19 就像從斜坡滾落

我的戀情，如同從斜坡上滾落般失控。
就像不知道在哪裡絆了一跤，一發不可收拾。

當我知道你有一個十分相配的女友時，
我已深陷泥淖，回不了頭。

明明連邀你一起看電影都做不到，更別提浪漫的聖誕點燈活動了。
僅僅是你傳來訊息的通知，就足以讓我泫然欲泣，
我厭惡這樣的自己。

20 白色的書籤

我超級討厭你的初戀對象，
你說「那都過去了」根本就是騙人的。

你珍藏那段戀情的回憶，
彷彿將它製成美麗的押花一般，
夾在你最珍愛的書中，你最喜歡的那一頁。

而我是只有嶄新這點勝過她的白色書籤，
所以我才會帶著你，
去看絕美的海邊與花海。
讓你想起我的時候，
至少背後襯著美麗的風景。

21 如果重生，希望轉世成那朵花

「要是轉世重生，我想變成那朵花。」
我看著紫色的三色菫這麼說。

和他一起逛植物園，放眼望去，色彩繽紛。
他走在我身旁說：
「那麼，我就變成旁邊的鬱金香。」
「你真的很愛出風頭呢。」

與他別離三年後，我才明白，
原來他當時想說的是，即使重生，也要在我身邊。

22 和前男友聯誼

聯誼時，不巧遇見前男友。

在狹小的居酒屋裡，我們裝作互不認識。

「妳前男友是什麼樣的人？」朋友冷不防的這麼一問。

我坦白的回答：

「是個優柔寡斷、不太靠得住的人。」

前男友也被問了同樣的問題。

「雖然好強……卻很溫柔的女生。」他回答。

我悄悄別開臉，拭去眼角的淚水。

特別收錄

短篇小說

01

白百合的哀愁

每當看到搖曳風中的白百合，我就沒來由的感到一陣苦悶。宛如溺水在深不見底的海洋。

回想起來的，總是她愛捉弄人的笑臉。

「你真的很陰沉耶。這樣絕不可能受歡迎唄。」

高二的夏天，我從東京轉學到關西的高中。我在班上明顯的格格不入。因為用詞的不同、玩鬧方式不一樣，這些細微的隔閡不斷累積，造成我和同學間有一道難以跨越的鴻溝。

我無意把這一切怪罪給其他人。因為我也完全沒有打算融入他們的圈子。不如說，我總是冷眼旁觀他們像笨蛋一樣，每天愚蠢的笑鬧。

對這樣的我而言，雲井瑠奈像太陽般耀眼得令人覺得可恨。她在班上是最活潑的一群，亮眼外表總是眾人目光追尋的焦點。她自由自在的享受高中生活，在不觸及底線的範圍內遊走於校規邊緣，連日玩樂到深夜才回家，堪稱校園的風雲人物。

那天體育課結束後，雲井抱著運動服回到教室，便逕自坐在我的座位上，還一副那原本就是她座位的態度。

看起來是因為她的朋友坐在我後面，她便大剌剌占據我的椅子和她聊天。這種時候，我一方面覺得有點煩躁，一方面也有點羨慕。換作是我，絕不可能未經同意就坐在女同學的座位，完全可以想像這樣做必定會被說很噁心。而她卻完全沒有這樣的顧慮，可以若無其事坐在其他人的位置，絕對是不曾想過會有人嫌棄，她的腦袋也沒有這些顧慮，簡直可喜可賀。我們生活的世界大概是不同次元吧。

「不好意思……。」

因為下一節課就快開始了，我只好不情不願的開口提醒她。

「哇！」雲井誇張的大叫，抬頭看著我：「你站在這裡多久了？嚇死我了！你還是一如往常陰沉耶。有事嗎？」

雲井露出一副她才是被害人的表情，轉頭看她朋友。

「我也沒發現耶，你應該很適合當忍者唄。」她的朋友開了一點都不好笑的玩笑。

「抱歉，這是我的座位。」

「啊！真假？原來這是山根同學你的座位。」

她連一句道歉也沒有，慢吞吞的從我的座位上站起來。長及背部、烏黑亮麗的長髮，隨著她站起身來輕輕擺動著。宣告下課時間結束的鈴聲響起，她回到自己的座位。

這對她來說似乎是家常便飯，她一副理所當然的樣子。我內心不禁暗暗發了牢騷：「我個性陰沉礙到妳，還真是抱歉啊。」

我討厭捉弄他人來製造笑料的傢伙。又不是職業的搞笑諧星，以捉弄同學為樂的這一群人，總有一天會遭天譴。

坦白說，雲井瑠奈和她的朋友，我都很討厭，絕不可能和他們當朋友。不用說，想必他們對我也抱持著同樣想法。

但這樣的我，有一天卻莫名其妙的和雲井一起出去玩。

「你一定沒和女生約會過唄？」

運氣不好，和雲井被安排在同一天當值日生。那天早上在教室裡，她突然對我這麼說。

我一時氣惱，脫口撒謊：「我有。」

「真假？真是意外。你這麼陰沉……那，你跟女生兩個人在一起，都說些什麼？」

「妳也太失禮了吧……就是平常的話題啊。」

「真想不到耶。」

拿著粉筆在黑板上寫下今天日期的雲井，突然停下動作。我不解的看向她的側臉，內心湧上一股異樣的感覺：她接下來要說的必然不是什麼好話。

「既然這樣，下次我們兩人去約會。你來當我的護花使者唄。」

「嗄？」

因為太過驚訝，我手裡拿著的板擦掉落到講臺上，地板揚起一大片粉筆的白色粉末。雲井看了捧腹大笑。

「你實在太搞笑了！那就約定這週六下午一點在車站西口集合唄。」

我撿起板擦，抗議著：「我又沒答應。」但雲井完全不理我說什麼，樂不可支的哼著歌。

原本只有我們兩人的教室，陸續有其他同學走進來，我因而錯過嚴正拒絕的時機。

不會吧。竟然要跟雲井約會。而且，突然約這個週六也很令人傷腦筋。

畢竟，就是明天了。

週六下午一點，我在車站西口。可想而知，雲井當然還沒到。

到了這個地步，我不禁開始懷疑，班上那些人是否躲在某處，暗地裡嘲笑我這可悲的處境。我總覺得他們就是會做出這種事的傢伙，只要有趣，什麼都無所謂。我警戒的掃視剪票口前來往的人群，試圖找出熟悉的臉孔，但沒有任何人多看我一眼。

時間一分一秒過去，我拿出手機確認，已經超過約定時間二十分鐘。就算這不是什麼惡劣的惡作劇，雲井也可能並非真心邀約。我決定，若再等十分鐘她還沒出現，我就要離開。

「對不起，電車臨時停駛了。」

正當我打算離開時，雲井氣喘吁吁的朝我跑來。她平時總是自然垂放的長直髮，今天稍微燙了捲、紮成馬尾，身上則穿著寬鬆的白色上衣和牛仔短褲。

我不知道該看她哪裡比較好，眼神只好不斷游移。

「本來想聯絡你，但你又不在我們班的 LINE 群裡……。」

「我們班的 LINE 群？」

「啊。抱歉，我以為你一定在裡面……我把你加進來？」

我本來就沒打算跟班上那群人混熟，但看到向來對我毫不留情的她擠出笑容時，內心卻湧起一陣不甘。

接下來我們的約會，根本是一場災難。

逞強而撒謊確實是我不好，我本來就不了解雲井，根本不可能為她好好安排約會。說來慚愧，從小到大，除了妹妹之外，我從未單獨和任何女生出遊。

一開始打算帶她去水族館，不巧正在重新整修而不開放。接著我提議看電影，卻對不上放映時間；決定轉戰咖啡館，卻又因客滿而進不去。

一開始雲井還有興致調侃我：「你果然沒約會過吧，在那邊鬼扯。」後來，卻莫名的開始擔心我，說：「你這根本不是笨拙，已經有點糟糕了唄。」

儘管我不斷自我安慰，認為不擅長當護花使者也無傷大雅，但對於特地打扮前來赴約的雲井，還是覺得很過意不去。

「是我錯了，我是第一次跟女生約會，什麼護花使者我根本做不來，這樣妳滿意了吧。」

傍晚，我們最後抵達的，是一個以綻放當季花朵而聞名的公園。

雲井說：「終於可以休息了！」便在公園長椅坐下。我也坐在她旁邊，舒展疲憊的雙腳。

「這樣的公園真讓人放鬆啊。」雲井望著眼前的花壇感嘆著。

我沒想到她會這麼說，於是回應她「真是意外」。

「雲井……同學，感覺妳應該是喜歡家庭派對或沙灘排球之類的活動？」

「哈哈哈，什麼啦。你是不是國外連續劇看太多了？」

雲井笑著拍了拍我的肩膀。這對她來說可能只是尋常的舉動，卻讓平時不習慣與異性相處的我異常緊張。

「我很喜歡大自然。」

雲井凝視著花叢，目光中流露出一絲懷念。

「我從小由奶奶扶養長大。自從搬到這裡後，就和東京的奶奶分隔兩地。奶奶從那時起生了病，等我再回東京時，她已經不在了……母親告訴我：『庭院裡那棵小樹，就是奶奶的化身，她一直守護著我們。』所以每當身處這樣的大自然，我就感覺奶奶好像在附近，能令我內心平靜。」

和雲井並肩而坐、看著花壇的我，聽到這裡不禁咦了一聲，驚訝的轉頭看向她的側臉。

「妳也是從東京搬來的？和我一樣？」

「什麼嘛！你在意的竟然是這個？我沒告訴過你嗎？剛開始要融入這裡的環境，和大家打成一片，超累的。」

我默默的點頭。和雲井成為同班同學後，第一次覺得和自己完全處在不同立場的她，有種親近的感覺。

原來如此，她也和我一樣。不過，搬來這裡後，她努力學會關西腔*、融入當地人開玩笑的方式，這點和我截然不同。

心情稍微鬆懈下來，我竟不小心脫口說出不該在當事人面前說的話。

「說起來，妳今天好像沒怎麼故意找碴耶。不過，學校那種小團體裡愛裝老大的人，一個人時就會突然變得超溫順，原來是這樣啊。啊……！」

糟了。雖然這是我對今天約會的真實感想，但這樣說就等於暗示雲井是「學校小團體裡愛裝老大」的屁孩。我急忙想道歉，雲井的反應卻出乎我意料，她只是安靜的笑著。

「對。確實是這樣呢。」

悶熱潮溼的風吹過。雲井的表情不見往常的開朗，她手托著下巴，深深嘆了口氣。

「我心裡也很明白，配合周遭討厭的氣氛，像傻瓜一樣玩鬧，總覺得，越來越不像原本的我。越來越痛苦，卻只能繼續下去。」

「……那就別再這樣了啊。」

我的回應聽起來可能很冷淡，但也只能這麼說。畢竟我也是這麼過來的。

「是啊。你好厲害，山根。」雲井低聲喃喃自語：「我做不到。我……很害怕。害怕在學校被排擠，害怕被孤立。或許在我心底，孤獨一人比失去自我更可怕。」

我一時語塞。在我面前的，是向來在全班呼風喚雨，從來不顧及他人感受的雲井瑠奈，但現在的她卻判若兩人。該不會又想騙我上當吧？

雲井對著說不出話的我，擠出一個微笑。

＊ 關西地區（如大阪、京都、神戶、奈良等地）使用的方言總稱，在單字、語法上與日本標準語（即關東腔）有些許不同。

「抱歉。我好像說了奇怪的話。你可以全忘了沒關係。」

我感到一陣錯愕。她以前是會這樣勉強擠出笑容的人嗎？我一直覺得她是個令我很火大的女生。但現在光是和她四目相對，就令我心煩意亂。

這些話怎麼可能輕易忘掉？我在心裡吐嘈。

雖然可能會被她嫌棄，我還是慢吞吞的說：「沒關係，妳不必在意……雖然我可能不是個好的傾訴對象。但妳可以把我當作擺飾品或人偶。聽說只要把話說出來，就可以整理思緒……如果妳有什麼想說的，不必客氣，儘管說。反正我也沒朋友，不必擔心洩露妳的祕密……。」

原本是想鼓勵她，才說了這些話，說著說著卻覺得自己很可悲。

雲井笑了出來，似乎稍稍恢復原本的開朗模樣。

「嗯，那麼……告訴你一個關於我的祕密。」

雲井附在我耳邊悄聲說道。她丟出這句話，簡直就像投下一顆震撼彈，我忍不住嚥了嚥口水。

不知什麼時候，風停止吹拂。公園中籠罩在一片寂靜中。

「我喜歡的花是百合。純白的那種。」

「嗄？」

喜歡的花？這完全不是需要隱瞞的事吧？又不是見不得人的奇花異卉。

看到呆若木雞的我，雲井狡黠一笑，若無其事的站了起來。

「好了！約會到此為止！其實，我之前就一直想找你聊聊。今天能夠跟你出來實在太好了。」

夕陽染紅了她的臉頰。我抬頭看著她，原本低落的她，側臉煥發出一股撥雲見日般的清爽神情。

「約會都是像這樣鄭重其事的宣告結束嗎？」

「呃……一般來說當然不是啦。我是跟著感覺走啦，憑感覺！」

直到前一刻還沉鬱的氣氛，瞬間消失得無影無蹤，雲井精神奕奕的朝我比了個V字手勢，臉上掛著閃閃發光、彷彿刻意營造出來的笑容。

我突然覺得心情超級差，將視線從她身上移開。

接著，我聽到在包包裡喀啦喀啦翻找東西的聲音。「找到了！」雲井喃喃自語。

我再度把視線移向她，她從小包包裡拿出手機，打開內建相機並切換到自拍模式，準備拍照。

「為今天的約會留下紀念。好啦，笑一下嘛！」

我用手掌遮住臉。

「我不喜歡拍照，算了吧！還有，妳的關西腔不見了，沒問題嗎？」

隔週開始，雲井就沒來學校了。

「雲井選擇當綠化生了。」

早上，班導師宣布這個消息時，立即引起全班一陣譁然。大家面面相覷，竊竊私語著：「你知道這件事嗎？」

綠化生。

這是賦予給全國人民的權利，只要滿十五歲，隨時都可以行使。個人可以依自身意願或喜好，選擇以人類的型態繼續生存，或是轉化為植物。選擇成為綠化生的人，身體將轉變成植物，告別人類的生命形式。此後，他們只需要在大自然中沐浴陽光，感受輕風吹拂，靜靜的過著不受世俗擾亂內心的生活。

這項制度源於人民強烈的訴求，他們渴望在人生終點擁有自由選擇的權利。像植物一樣活著聽起來雖然不錯，但實際上，這是提供給身心俱疲、瀕臨崩潰到想放棄自己身體與心靈的人，結束生命的方式。

會選擇成為綠化生的人，大致上可分為兩類：一種是長期飽受不治之症折磨的患者，另一類則是在人際關係或社會環境中感到窒息的人。然而，像雲井瑠奈這樣開朗活潑的少女，竟會做出這種選擇，讓所有人不解。

「咦……瑠奈生了重病嗎？」

「我也不清楚，但或許是吧。雖然她看起來很健康。」

「真希望她能跟我們商量呢。」

同學們毫無根據的認定雲井絕對是生了病，並為此感到悲傷。這也不能怪他們，因為雲井看起來比任何人都享受高中生活。就連我，直到幾天前都還深信不疑。

到了下午，傳到隔壁班的謠言甚至已變成「開朗的雲井瑠奈不想讓同學傷心，所以選擇隱瞞了自己的病情」。在學校沒有交談對象的我，只能眼睜睜看著無端的臆測擴散。

不該是這樣的。

放學後，我聽見坐在我後面的女同學與其他人的對話。

「瑠奈變成哪種植物啊？」

聽到這句話的瞬間，我想起上週六的事。溼熱的風吹拂公園，雲井在我耳邊說的悄悄話。

「一定是主流的櫻花吧？如果是我，既然要變成植物，當然選櫻花。」

「我懂我懂！我也這麼想。」

「我們去找找看！校園或公園如果長出新的櫻花樹，可能就是瑠奈。」

五、六個同學陸續跑出教室。我沒跟著他們，只是望著教室正中央雲井的座位。運動服依然掛在她的椅子上。

她是出於一時衝動，而選擇當綠化生嗎？還是更久以前就已決定要成為植物呢？

「……妳不是說害怕孤獨一人嗎？」

我對著雲井的空位發問，當然沒有得到回應。眼眶深處慢慢、慢慢的灼熱起來。我抬頭仰望教室天花板，忍住不讓眼淚流下來。我沒有哭泣的權利。是我說的，「那就別再這樣了啊。」完全不經思考就說出口。

十年過去了。據說，那天有許多同學跑去找櫻花樹，可想而知當然沒找到像是雲井的櫻花樹。除了我以外，他們全都堅信雲井一定成了櫻花樹，每當春天到訪時，就會綻放淡紅色的花朵。

「順便告訴你一個關於我的秘密。」

每當看見白百合，那一日的景象就閃現在眼前。

「我喜歡的花是百合。純白的那種。」

原來如此，這的確可以稱為祕密。我這輩子都不打算向任何人洩露，更何況，我也沒有可以分享這件事的朋友。我能為雲井做的，只有守住這個祕密。

我確信雲井成了白百合。但我並不打算尋找白色楚楚可憐的她。

她不可能在同學輕易就能發現的地方綻放。如果她化身為植物，必然是在距離這裡遙遠的場所扎根。比方說，東京的某個庭院裡，成了一棵樹木的祖母身旁。

那一天，我拒絕與雲井合照，現在已無法清晰想起她的模樣。十年前的夏天，只留下我無盡的遺憾。

要是我能更用心傾聽她說話就好了。如果不是那樣糟糕透頂的約會，而是讓她留下更美好的回憶就好了。要是我沒不經大腦的對她說「那就別再這樣了啊」就好了。要是能拍下一張和她的合照就好了。

成了白百合的她，是否能安然度過風雨，平靜的生活下去呢？除了祈禱，我也沒有其他能為她做的事。稱為友誼太矯情，稱為初戀太苦澀。那個夏天的續章，今日依然歷歷在目。

02 最完美的那句臺詞

「學姐喜歡什麼樣的電影？」社團迎新上，我還不記得名字的大一學弟這麼問我。

周圍客人喧鬧笑語聲不絕於耳。這家居酒屋提供三千五百日圓就能吃到飽、喝到飽的方案大受歡迎，每張桌子都坐滿了像是學生的客人。

我們圍坐在寬廣的大桌聊天。大家都是電影研究社的成員，問這樣的問題非常合理。

我稍微猶豫了一下該怎麼回答，然後誠實的開口。

「呃……說到喜歡的電影嘛。外國電影的話，是《小栗子當家》、《刺激草莓蛋糕》，國片的話，則是《進擊的可麗露！》之類的。」

眼前的學弟愣了一下，隨即哈哈大笑。

「不會吧？學姐，妳真的是電影社的嗎？這些電影就算不是電影迷，大家也都喜歡吧。我不是問這種的……。」

「我就知道說出來一定會被笑。」我羞紅了臉。我雖然是電影研究社的一員，但只是被朋友拉進來，沒仔細多想就加入，和其他人相較之下，對電影的知識或熱衷程度完全無法相比。

電影研究社的社員，似乎都把喜歡的電影當作身分象徵，很少有人會說自己喜歡熱門的作品。他們更熱衷於提出一些比較冷門的電影，如果對方也喜歡，就會聊得很熱絡，享受那種找到知音的感覺。

我也喜歡看電影，但沒有那樣的堅持。我只是單純覺得那些通俗易懂的熱門片好看而已。

或許是因為這樣，每次聊到這些話題，我都免不了被嘲笑。

但是，今天竟有點不一樣。

「啊，學姐，我懂。那些都是傑作啊。《小栗子當家》續集也是超展開，超有趣的……。」

另一個學弟，手上拿著烏龍茶這麼說著。他戴著眼鏡，臉雖然被長長的瀏海遮住，但看得出來他有著白皙又端正的臉龐；雖然聲音低沉，卻很清晰。其他社員也忍不住看向他。

他把手放在那位一年級學弟的肩膀上，說：「我覺得，妳不用在意這種人。嘲笑別人的喜好，是淺薄的人才會做的事。」

我瞪大了眼睛，這是我第一次遇到這樣的人。我記得他似乎是姓雨宮。

後來我才知道，雨宮同學是電影研究社裡最懂電影的社員。

雖然我也覺得自己這樣很傻，但就因為那件事，我被雨宮深深吸引了。而且，越是了解他，就發現他身上有許多令人佩服的地方。

他不只懂電影，夢想還是成為編劇。聽說，他從高中起就持續寫各種不同類型的劇本，還在電影比賽裡拿過不少獎。除此之外，他好像還認識一些有名的導演，但他從來不會拿這些事出來炫耀。

「雨宮同學，你的劇本，臺詞寫得超棒呢。你到底是怎麼想出來的？」有一次我好奇的問他。

當時他正在空教室裡埋首寫劇本，回答道：「平常就是一再修正、刪刪改改，很累人的。但偶爾也會有靈光一閃，腦中浮現超完美臺詞的時候。」

「浮現出臺詞，真厲害啊。」

他的才能在電影研究社眾所矚目。

在新生歡迎會後沒多久的某一天，我看到某位名導演的新片要上映了，想邀請雨宮一起看。

「雨宮同學，聽說羅曼導演的最新作品，下週就要上映了。一起去看吧！」

這已經是我第十幾次邀他看電影了。電影研究社的同學看到我最近的樣子，都擅自同情我，覺得我對雨宮懷抱著的是無法實現的單戀。雖然很不甘心，但我得承認，他們說的確實沒錯。

在電影研究社辦公室裡，雨宮只是冷淡的回答：「……好吧，去就去。」

他對自己喜歡的話題總是能侃侃而談，但其他話題都顯得興致缺缺，對人也是一樣。

簡單來說，即使像我這樣沒什麼戀愛經驗的人，也看得出來他對我完全沒意思。

儘管如此，只要有他可能會喜歡的電影上映，我還是會馬上邀約，不然他這麼受歡迎，很容易就會被別人約走了。

聽說他已經很久沒交女朋友了。「談戀愛太浪費時間。我寧願花時間找劇本的靈感。」他似乎用這個理由拒絕別人的告白。所以我也不打算對他說「請跟我交往」。

雖然我已經表達過我喜歡他了。

「學姐為什麼一直約我看電影？」

有次在電影院裡，雨宮這樣問我，我嚇了一跳。但是，就算我刻意隱瞞也沒用，於是我老實回答。

「因為跟喜歡的人一起看電影，真的很開心啊。而且看完電影，能聽到對方的感想，我也覺得很快樂。」

「喔，是這樣啊。」

明明我緊張到心臟都快跳出來了，他本人卻一如往常的冷淡。我雖然有點失望，但沒被直接拒絕，還是鬆了一口氣。

看完電影後，我們總是會一起去附近的咖啡館。最近，他偶爾會主動提議

「接下來找個地方好好聊聊吧」，並帶我去他已找好的咖啡館，每次都讓我心跳加速。當他在談論電影中喜歡的場景或感動的片段時，看起來真的很開心。看著他，我也感到很幸福。

然而，在車站前道別時，這種心情就會瞬間消失。他總是轉身就走，毫無留戀。

無論是櫻花爛漫的春季，還是蟬鳴聒噪的夏天，始終只有我，凝視著他離去的背影。

這樣的日子持續將近三年。定期和他一起看電影，已經變成我生活的一部分。但也正因為如此，我決定為這段似乎不會有結果的戀情畫上句點。

我即將成為社會人士，而雨宮似乎也要在他熟識的導演那裡開始進修。每次聽到他那宏偉的未來藍圖，我都深刻感受到，像我這樣平凡的人，跟才華洋溢的他，根本就是兩個世界。

是啊。我們只是在大學社團這個狹小的天地裡，偶然相遇而已。

大學畢業典禮之後，我就不再約他看電影了。

「……可惡，我明明應該瀟灑結束這一切的！」

我在自己的小窩裡抱著頭、苦惱的大叫。我還沒回覆雨宮的邀約。

在學期間，他從來沒有主動邀我看電影。但畢業後，他卻幾乎每週都傳訊息問我「要不要一起去看電影？」這到底是怎麼回事？而且，看完電影要各自回家時，他還會對我說「到家後請告訴我，不然我會擔心。」讓我腦袋陷入一團混亂。

這週，他又約我了。聽說三年前我們一起看的羅曼導演的電影出了續集。明明已經告訴自己要放棄這段戀情，但我的手指卻不由自主的打了「週日我可以去」的回覆。

是的，雨宮一定只是懷念能跟他聊電影的夥伴。也許直到現在，他才開始把我當成朋友。

到了約定的週日。

電影散場後，我們走出電影院，發現外面開始飄雨。我撐開隨身攜帶的摺疊傘，雨宮對我說：「我忘了帶傘，可以跟妳一起撐嗎？」他的語氣跟平常一樣淡淡的。

「我來拿吧。」他抓住了傘柄，站在我身邊。

以朋友來說，這個距離太近了。

「呃，那個……。」我緊張到不行，不禁開了口。

在雨中，他停下腳步，轉頭看向我，問：「怎麼了？」

「不，那個，呃……我只是想知道，你為什麼開始約我看電影？」

雨宮稍微想了一下，然後笑了笑。

「咦？學姐不是說過嗎？因為很開心啊。」

一瞬間，時間彷彿停止了。我聽不到劇烈跳動的心臟聲、嘩啦啦的雨聲，以及周圍人們的聲音。

以前，我的確對他說過。和喜歡的人一起看電影很開心。

然後，就像又按下了影片的播放鍵一樣，我的心臟又開始狂跳。

「也就是說，你是喜、喜、喜歡我……？這樣我不知道該怎麼辦耶，現在才說……。」我不知所措的抬頭看著他。

雨宮一臉淡定的問：「為什麼？學姐不是也喜歡我嗎？」

「……我決定只喜歡你到畢業典禮那天。」

我的回答讓他難得露出惱怒的表情。

「這是什麼意思？也太任性了吧？難道妳只是在玩弄比妳年紀小的人嗎？還是說，妳現在的目標轉向公司同事了？」

明明我們已經靠得很近了，他還試圖靠得更近。

「我為了跟學姐一起看今天的電影，老早就空出時間。可是我等了很久，學姐都沒約我……一想到妳可能會約別人，我就坐立難安，連寫劇本的時候都想著學姐……。」

想像著雨宮乖乖等我聯絡的樣子，讓我覺得很不好意思。但我擔心一切只是自作多情，畢竟還有些事讓我很在意。

「可是你為什麼突然……你不是說戀愛很浪費時間嗎？」

雨宮露出無奈的表情，嘆了一口氣。

「大學的時候，妳就一直拖著我到處看電影，到現在才在乎浪費我的時間？我從一開始就覺得妳很特別，沒看過這麼坦率的人。如果我對妳沒興趣，早就拒絕了。然後，妳畢業後突然就不跟我聯絡了。跟妳分開後，我才明白自己的心意。」

雨宮湊近凝視我逐漸泛紅的臉頰。

「所以，我現在沒有理由不談戀愛了吧？妳願意當我的女朋友嗎？」

當他這樣問我的瞬間，我腦中自然浮現了一句臺詞。原來，「腦中浮現超完美的臺詞」是這樣的感覺。

我依循腦中出現的臺詞回答「好」，然後緊緊的抱住了他。

在本書日文版出版之際，於X（原推特〔Twitter〕）上舉辦了一百四十字小說的關鍵字募集活動。我們根據其中三位投稿者的關鍵字創作，並將作品收錄於本書中。感謝這三位被選中的投稿者，以及所有參與活動的讀者。

收錄的三篇作品及投稿者提供的關鍵字如下：

〈和你走同一條路〉投稿者：優馬

關鍵字：鄉下、汽車、兒時玩伴

〈眨眼的瞬間〉投稿者：guchio（@gu_chi_o）

關鍵字：手機螢幕、線上見面會、偶像

〈鯨魚畫〉投稿者：香夜（@nw3sir）

關鍵字：圖書館、鯨魚、老人

國家圖書館出版品預行編目（CIP）資料

離愛情總是差一步：140 字就令你落淚。讀了想
戀愛、或想起那段戀愛。／神田澪著；卓惠娟譯.
-- 初版. -- 臺北市；任性出版有限公司，2025.07
240 面；14.8×21 公分. --（issue；92）
ISBN　978-626-7505-83-0（平裝）

861.57　　114005185

issue 092

離愛情總是差一步

140 字就令你落淚。讀了想戀愛、或想起那段戀愛。

作　　者／神田澪
譯　　者／卓惠娟
校對編輯／陳語曦
副 主 編／連珮祺
副總編輯／顏惠君
總 編 輯／吳依瑋
發 行 人／徐仲秋
會 計 部｜主辦會計／許鳳雪、助理／李秀娟
版 權 部｜經理／郝麗珍、主任／劉宗德
行銷業務部／業務經理／留婉茹、專員／馬絮盈、助理／連玉
　　　　行銷企劃／黃于晴、美術設計／林祐豐
行銷、業務與網路書店總監／林裕安
總 經 理／陳絜吾

出 版 者／任性出版有限公司
營運統籌／大是文化有限公司
　　　　臺北市 100 衡陽路 7 號 8 樓
　　　　編輯部電話：（02）23757911
　　　　購書相關資訊請洽：（02）23757911 分機 122
　　　　24小時讀者服務傳真：（02）23756999
　　　　讀者服務 E-mail：dscsms28@gmail.com
　　　　郵政劃撥帳號：19983366　戶名：大是文化有限公司

香港發行／豐達出版發行有限公司 Rich Publishing & Distribution Ltd
　　　　地址：香港柴灣永泰道 70 號柴灣工業城第 2 期 1805 室
　　　　　　Unit 1805, Ph. 2, Chai Wan Ind City, 70 Wing Tai Rd, Chai Wan, Hong Kong
　　　　電話：21726513　傳真：21724355
　　　　E-mail：cary@subseasy.com.hk

封面設計／初雨有限公司
內頁排版／顏麟驊
印　　刷／韋懋實業有限公司

出版日期／2025 年 7 月初版
定　　價／新臺幣 420 元（缺頁或裝訂錯誤的書，請寄回更換）
I S B N／978-626-7505-83-0
電子書ISBN／9786267505823（PDF）
　　　　　9786267505816（EPUB）